変人の
JN038155
SALAD BOWL OF ECCENTRICS
777

あやまち
[あやまち]

惣助が目を覚ますと、
隣に全裸のブレンダが寝ていた。

Gambling Mad

地下格闘家女騎士
[ちかかくとうかおんなきし]

作品
着

〈キャスト〉
草薙沙羅
沼田涼子
安永弥生
坂寄峻太
波多江哲治
近江田優斉
西川優平
川邊日々輝

1年3組　演劇祭

飛騨に不

CONTENTS

SALAD BOWL OF ECCENTRICS

この作品はフィクションです。

現実の人物、団体、建物、場所、法律、歴史、学校、病気、物理現象等とは異なる場合があります。

ECCENTRICS
困った子
愛崎
ブレンダ
NAME
ヤっ
ちゃった
？
弁護
憧れ？
親子
好き
得意先
変態
アホ
友達
ファン
盾山
NAME
母性の
目覚め
解雇
元事務所の
後輩
好き
NAME
鏑矢惣助
闇春花
NAME
親子
社長と
社員
SALAD BOWL
OF
ECCENTRICS
タケオ
NAME
NAME
草薙勲
キャラクター相関図
CHARACTER
SALAD BOWL OF

SALAD BOWL OF
サラ
友達
永縄友奈
主従
友達
安永弥生
クラスメート
沼田涼子
元主従
鈴切章
尊敬
歌詞を提供
リヴィア
皆神望愛
裏切る
姫を託す
恩人
腐れ縁
バンドメンバー
愛
護衛
弓指明日美
バンドメンバー
気に入る
剣持命
ECCENTRICS

これまでのお話Ⅳ

好みのタイプはアマゾンで星5をくれる人！　他は敵。……こんにちは、並行世界からやってきた魔王の末裔で天才的魔術師で頭脳明晰でカリスマ性に溢れたごく普通のハイパー麒麟児、草薙沙羅です。

岐阜の探偵・鏑矢惣助の娘となって小学校を卒業し、公立沢良中学校に進学した妾は、ここでもクラスメートたちからカリスマ的存在として崇められ君臨する。一つ上の友人・永縄友奈や、小学校からの家臣・安永弥生に、中学で出会った新たな友、飛騨地方出身で飛騨をこよなく愛するツンデレヤンキー・沼田涼子ちゃんらとともに充実した中学生活を送る妾じゃったが、飛騨地方白川郷への学年旅行にて行きのバスの中でゲボを吐いてしまったり、夕食に飛騨牛のステーキが出てくると期待しておったら漬け物ステーキとかいうふざけた料理が出てきてちょっと泣いちゃったりもしたのじゃった。

一方、弁護士の愛崎ブレンダは、インサイダー取引の容疑で逮捕された宗教家にしてマルチクリエイターにしてミュージシャン・皆神望愛の弁護を担当することになり、惣助と妾が手に入れた証拠もあって見事裁判で勝利を摑みそうになるのじゃが、あえて有罪となることで親教団と縁を断ちたい望愛の思惑によって水泡に帰す。ブチキレるブレンダじゃったが、惣助とデートの約束をしたことで機嫌を直した。妾が学年旅行に行っておる間にデートしたようで、その翌朝、惣助の布団には裸で眠るブレンダの姿が。大人は！　これじゃから大人は！　……本当に惣助とブレンダはえっちなことをしちゃったのか、真相は次のページから！

　そしてバンド仲間にしてヒモ女の望愛の逮捕によってメジャーデビューの話が潰れ、ワールズブランチヒルクランからの支援もしばらく受けられなくなったリヴィアは、目立たずにパチンコができるよう髪を短く切って黒く染め、違法賭場で丁半博打をしたり、半グレ組織のリーダー・剣持命に気に入られボディーガードとして雇われたりと、ますます裏社会へとズブズブ足を突っ込んでいくのであった。馬鹿なの？　しかしその剣持命はどうやら重い病に冒されており、余命幾ばくもないという。果たしてリヴィアとミコトの運命や如何に――。

大人のデート IN 岐阜

5月19日　18時53分

ＪＲ岐阜駅北口前の広場には、役目を終えた路面電車の車両が一台展示されている。

丸窓電車――扉横の窓が丸いのが特徴――モ513。大正十五年（一九二六年）に製造され、平成十七年（二〇〇五年）に名鉄(めいてつ)岐阜市内線が全線廃止されるまで岐阜県各地を走っていた。

廃止翌年から岐阜市内の金(こがね)公園(こうえん)に展示保存されていたのだが、岐阜駅北口広場の完成十周年を記念して、令和元年に現在の位置に移設された。屋根のない屋外での展示だが、定期的に整備されており保存状態は良好で、夜になると車内照明も灯され、金の信長(のぶなが)像とともに岐阜駅北口広場のシンボルとして親しまれている。

そんなモ513の前に、一人の小柄な女性が十五分ほど前からソワソワした様子で立っていた。

弁護士、愛崎(あいさき)ブレンダ。

服装は事務所にいるときの白いドレス姿でも裁判に出るときのスーツ姿でもなく、落ち着いた色合いのワンピースにジャケット。昨日、友人の閨春花(ねやはるか)に買い物に付き合ってもらい購入したものだ。

ブレンダの容姿は実年齢に対して極端に若いため、大人っぽい格好は似合わないことが多いのだが、今日の服装は子供が無理に背伸びしている感もなく、ごく自然に普段のブレンダよりも大人びた雰囲気を醸し出すことに成功している。

ブレンダはこれから、密かに想いを寄せている鏑矢惣助と初めてデートするのだ。

一昨日、弁護を引き受けた被告人の皆神望愛にせっかくの勝利（予定）をブチ壊されて惣助の前で荒ぶっていたところ、事務員の盾山が惣助にブレンダを慰めるよう依願。ちょうど娘のサラが学年旅行で留守にするということで、急遽一緒に食事することになった。

惣助の指定した待ち合わせ場所はここ、時間は十九時。店選びは惣助に任せている。

（惣助クン、今夜は一体どこに連れて行ってくれるのかしら。……いえ、どこまでイけるかはワタシ次第よ……！　頑張れワタシ……！）

そんなことを考えていると、

「すいません、お待たせしました」

十八時五十三分、惣助がやってきた。

惣助の格好はいつもと同じようなジャケット姿で、派手すぎず地味すぎず、カジュアルすぎずフォーマルすぎず、ホテルのレストランでも騒がしい大衆酒場でも大抵の場所に違和感なく溶け込むものだった。

「いえ、ワタシも今来たばかりよ」

せっかくのデートなのに惣助の格好がいつも通りすぎることに少しがっかりしつつ、ブレンダは答えた。

「ならよかった。じゃ、行きますか」

特に緊張した様子もなく、本当にいつも通りのフラットな調子で惣助が言う。

「ええ」

頷き、惣助について歩き出すブレンダ。

空中通路を渡って道路を越えるとすぐ、数多くの飲食店が建ち並ぶエリアに入る。

「このへんも変わりましたねー」

「そうね」

周囲を見ながら言った惣助の言葉に、ブレンダは頷く。

「ワタシが学生の頃は、このあたり服屋ばかりだった気がするわ」

「俺の学生の頃もそうでしたよ。それがあっという間に飲み屋だらけに。みんなどれだけ会社帰りに飲みたかったんだよって」

惣助がそう言って苦笑する。

十数年前まで、駅前の通りは服飾系の店がやたらと多く、夜までやっている飲食店はほとんどなかった。

しかし、一つの居酒屋が開店したのをきっかけに状況が一変。

岐阜市民や市内に電車通勤している人々の『駅近くで飲める場所』の潜在的需要は極めて大きかったようで、居酒屋は大繁盛。

それからというもの次から次へと居酒屋をはじめ新しい飲食店が開店し、あっという間に岐阜駅北側は一大飲み屋街へと発展したのである。

「惣助クンは、このあたりよく来るの？」

「ああ。仕事で結構来ることになる」

「なるほど」

来ることになる、という惣助の言い回しにブレンダは納得する。

尾行や聞き込みをする過程で、必然的に地元民が集まるスポットにはしょっちゅう訪れることになるのだろう。

「あそこです」

惣助が、数ある飲食店の建物の中でも一際目立つ、『岐阜横丁』と書かれた巨大な看板が輝く大きなビルを指さして言った。

「岐阜横丁……名前は知っているけれど入るのは初めてね」

飲み屋街の中心部にそびえる、『岐阜横丁ビル』。

二〇一八年にオープンしたこの建物の中には、横丁という名のとおり五十店近くの居酒屋が集っており、今や岐阜市の新たな名所となりつつある。

二人は喋(しゃべ)りながら岐阜横丁ビルへと入る。

「一応一軒目だけは予約してあるけど、他にも食べたいものがあったら軽く飲んでサッと出るのもアリかと」

「なんのお店があるの？」

ブレンダが訊(たず)ねると、

「割となんでもありますよ。肉、海鮮、中華、イタリアン、焼き鳥、串カツ、ラーメン、岐阜の郷土料理、あとスイーツ専門店とかこじゃれたバーとかも」

「ふうん、本当になんでもあるのね」

「はい。あっ、もちろん食べ物だけじゃなくて、酒も大抵なんでもあります。横丁の中なら二軒目以降はお通し代ナシになるんで、ちょっとずつ飲み食いしながら何軒もハシゴする人が多いですね」

そんなふうに説明しながら、惣助(そうすけ)がブレンダを連れてきたのは、（横丁内では比較的）お洒落(しゃれ)な雰囲気のビストロで、主に肉料理とチーズとワインを提供しているらしい。

「へえ……」

ブレンダは思わず感嘆の吐息(といき)を漏(も)らす。

行き先が雑然とした飲み屋街だと知ったときは正直、わかっていたとはいえデートだと思っているのは自分だけで、惣助にとっては仕事上の付き合いの一環に過ぎないと突きつけられたような気持ちだったのだが、一軒目は女性にも馴染みやすい雰囲気の店を押さえつつ、ブレンダの気分に合わせて柔軟に対応できるように考えてのことだったらしい。岐阜横丁、デートスポットとして全然アリだ。

（なかなかやるじゃない、惣助クン……）

嬉しくなると同時に、以前盾山が言っていた「探偵はモテる」という話が俄然実感を伴ってくる。

——いいですかお嬢様。そもそも探偵という職業は基本的にモテます。

——普通の人が日常的に接する職業ではありませんから興味関心を持たれやすいですし、探偵業で培われた話術、幅広い知識は恋愛においても強い武器になります。

（なるほど……これはうかうかしていられないわね……）

今日のデートで、どうにか惣助との関係を進展させる。

決意を新たにするブレンダであった。

「本日のおすすめ赤ワインを二つ。あと前菜盛り合わせにローストビーフのラクレットチーズがけをお願いします」

予約した店のカウンターに並んで座り、最初の注文を決め、惣助が店員に注文をする。

すると店員が眉をひそめ、

「ええと、赤ワイン、お二つ……ですか？」

「はい」

惣助が頷く。

「あの、申し訳ありませんがお客さ——」

「成人です」

店員の言葉を遮って、マイナンバーカードを見せるブレンダ。

「し、失礼しました。おすすめ赤をお二つ、前菜盛り合わせにローストビーフのラクレットチーズですね」

慌てる店員に、ブレンダは嘆息し、惣助は微苦笑を浮かべる。

「慣れてんなー」

「不本意ながらね」

見た目のせいで未成年と間違われることが多いので、ブレンダは店でアルコールを頼むときすぐに写真付きの身分証を出せるよう準備している。それでも煩わしいものは煩わしいので、普段は顔見知りの店にしか行かないのだが。

「運転免許を持ってないから、マイナカードの前はパスポートを持ち歩いていたわ」

「国内でパスポート持ち歩く人は珍しいですね」

　ブレンダの話に惣助が笑う。

「一応、日弁連から発行される弁護士の身分証もあるのだけれど、一般的な認知度が低いから使いにくいのよ」

「へー、そんなのが」

「ほら。弁護士と仕事している探偵さえ知らないのだから、飲食店の年齢確認では使えないでしょう？」

「たしかに」

　苦笑する惣助。

「留置所や刑務所で接見するときの身分証明にはなるけれど、それはべつに弁護士バッジでもいいし、免許証やパスポートよりも純粋に身分証明としての効力が弱いから、イマイチ出番がないのよね」

「そうなんですね」

「ちなみに探偵にはそういうのはないの？」

「身分証みたいなのを発行してる業界団体もあるけど、公的な証明にはなりませんね。警察手帳とか弁護士の身分証みたいになんか特権があるわけでもないし。職質されたときとかにちょっと役立つかも、くらいかな。普通の会社の名刺と大差ないです」

「そうなのね」

そんなことを話していると、ワインが運ばれてきた。

「それじゃあ、ええと……とりあえず裁判お疲れ様でした」

「本っ当に疲れたわ」

グラスを手にして言った惣助に、ブレンダは心の底からそう返し、自分もグラスを持って惣助のグラスに軽く当てる。

「うん……なかなか美味しいわ」

一口飲んで素直に感想を告げるブレンダ。

ワインが売りの店ということで普段ブレンダが飲んでいるような高いワインも数多くメニューに載っていたのだが、今日は惣助のおごりということで気を使って七百円のオススメワインを選んだ。

やや芳醇さに欠けるものの、オススメというだけあって悪くはない。

「うん、ええと、うん」

同じく一口飲んだあと、曖昧な顔で曖昧なことを言う惣助。

「どうしたの？　口に合わない？」

ブレンダが訊ねると惣助はばつの悪そうな苦笑いを浮かべ、

「いや、合う合わない以前にワイン全然飲まないから良し悪しがわかんない……」

「ふふ、そうだったのね」

にもかかわらずブレンダの好みに合わせてワインの店を選んでくれた惣助(そうすけ)に、内心でときめいてしまう。

「それなら料理が来るまで待ったほうがいいかもしれないわね。料理と合わせればまた違う印象になるはずよ」

「なるほど……」

感心した顔で頷(うなず)き、惣助はブレンダの顔をまじまじと見つめてきた。

「な、なに？」

顔が火照(ほて)るのを覚えながら訊(たず)ねたブレンダに、

「いや、ブレンダさん、ほんとに大人なんだなって……」

「今までなんだと思っていたのかしら」

ジト目を向けるブレンダに、惣助は慌てた様子で、

「ああいや、もちろんこれまでも頭ではわかってるつもりだったんですけど、やっぱどうしても見た目に引っ張られるっていうか……。めちゃくちゃ賢い子供だって現実にいるし」

「例えばサラちゃんとか？」

「あ、うん」

すんなり頷いた惣助に、ブレンダはかねてから問い詰めたかったことを訊ねる。

「ずっと訊きたかったのだけれど……アナタはどうしてあの子を自分の娘にしたの？」

「え？　そりゃあ俺の子供だから……」

とぼける惣助にブレンダは目を細め、

「ワタシがそれを本気で信じていると思っているの？」

「し、信じるもなにも、ちゃんと出生証明書だって――」

なおも誤魔化そうとする惣助にブレンダは、

「あくまでシラを切るつもりなら、改めてＤＮＡ鑑定をしてもいいのよ？　探偵に頼めばアナタとサラちゃんの毛髪なんて簡単に手に入るでしょうし。……ああ、そんなことをしなくても、うちの事務所に毛の一本くらい落ちているかもしれないわね」

「う……」

からかうように言ったブレンダに、惣助は顔を引きつらせ、しばしの沈黙のあと、諦めたようにため息をついた。

そしてどこか優しげな目をしながら微苦笑を浮かべ、

「強いて言えば……そうするのが自然だと思ったから、かなあ」

「自然？」

聞き返すブレンダに、

「たしかあのときはまだ出逢って二ケ月も経ってなかったんだけど、なんかずーっと前から一緒に暮らしてたような感じがあって、じゃあほんとに家族になるのが自然なんじゃねえかなって、気がついたらサラに『俺の子供になるか？』って言ってた」

「人生を左右するような決断をそんな曖昧な理由で……」

ブレンダは思わず呆れ顔をする。惣助は苦笑を浮かべ、

「しょうがないだろ。そう思っちゃったんだから」

ブレンダは小さく嘆息する。

惣助の言うことに、どこか納得している自分がいた。

はっきり言葉にはできないのに何故かどうしようもなく惹き付けられる感覚を、ブレンダも知っているからだ。

（ほんと、なんで好きになっちゃったのかしら）


――夫婦を引き裂くのが大好きな幼児体型の悪徳弁護士に、青臭い正義感を捨てきれない貧乏探偵の鏑矢様が人間的魅力を感じるわけがないでしょう。

盾山に言われるまでもなく、理屈で考えれば性格的な相性は最悪のはずである。

自分と真逆だからこそ惹かれるのかもしれないが、弁護士や検事には割と多い正義感の強い人間を好ましいとは思ったことはない。

（このワタシが、理屈抜きで人を好きになるなんてね……）

自嘲的にそう思いながら、ブレンダはワインを一息に飲み干すのだった。

5月19日　19時43分

注文した料理を食べながらワインをもう一杯飲み終えると、ブレンダと惣助は店を変えることにした。

二軒目に選んだのは串カツとどて串の専門店。

「どて」というのはモツを豆味噌がベースの甘みがあるタレで煮込んだもので、名古屋を中心に東海地方で広く親しまれている（大阪にも「どて焼き」という郷土料理があるが、そちらは白味噌をベースにしている）。

東海地方の民は昔からとにかく味噌を愛しており、カツにもおでんにも焼きなすにも味噌をかけて食べるし、うどんも味噌で煮込む。

各家庭には必ずナカモの「つけてみそ　かけてみそ」やイチビキの「献立いろいろみそ」といった味噌だれが常備されており、最近まで料理をまったくしてこなかったブレンダの家にすら、つけてみそかけてみそが常に置いてあった。

東海人にとって味噌とは人生に欠かせないものであり、定期的に摂取しないと東海人は禁断症状で苦しみやがて死に至るとされている。[要出典][誰によって?]

「はあ〜〜〜」

味噌だれのたっぷりかかった味の濃い串カツを、キンキンに冷えたビールで流し込み、惣助が実に幸せそうな息を吐いた。

「美味しそうね」

ブレンダが言うと、惣助は少し恥ずかしそうに苦笑を浮かべ、

「やっぱり俺にはワインよりビールのほうが合うみたいです。まあ普段はビールじゃなくて第三ばっかりなんだけど……」

「お酒の好みなんて人それぞれでいいのよ」

そう言ってブレンダもコップに注がれたビールを飲み干す。

よく行く店の性質上、普段はワインかカクテルを飲むことが多いのだが、こういう大衆的な居酒屋で瓶ビールを飲むのも嫌いではない。

瓶からコップにビールを注ぎ、どて串を一口食べてからビールを飲む。

「ふう……美味しい」

味噌だれの濃厚な甘辛さが冷たいビールの炭酸や苦みと最高に合い、いくらでも飲めてしまいそうだ。

「そういやブレンダさんって、なんで弁護士になったんですか？」

「どうしたの突然？」

ブレンダが聞き返すと、

「いや、結構長い付き合いになるのに、こういう話する機会ってこれまでなかったから、せっかくだし聞いときたいなって」

「つまりアナタは、ワタシのプライベートなことに関心がある、と？」

「え？　ああ、まあ、そういうことになるかな？」

少し釈然としない顔をしながらも頷いた惣助に、ブレンダは心を弾ませる。

「もちろん、困っている人たちの助けになりたいからよ」

「嘘ですよね」

即否定してきた惣助に、ブレンダは苦笑を漏らす。

「べつに大した理由なんてないわ。両親がどちらも弁護士だったから、ワタシも当然のように弁護士になることを期待されたというだけ」

「なるほど」

「おかげで子供の頃から勉強漬けの毎日で、友達を作る暇もなかったわ」

「あー、友達いなかったって言ってましたね……」

少し気まずそうな顔をする惣助に、

「べつにそのことは本気でなんとも思ってないわよ。それに、ワタシが勉強に明け暮れていた頃に充実した青春を送って幸せな結婚をしたはずの人たちが、結婚生活で揉めてワタシを頼ってくるのはたまらなく快感だもの。そしてワタシの力で彼らの人生を大きく左右させる……これほどの愉悦は他にないわ。弁護士はワタシの天職ね」

「いい性格してんなー……」

ブレンダの言葉に惣助が少し引いているのを察し、慌てて話題を変える。

「そ、惣助クンのほうはどうして探偵になったの？」

「俺も親の影響ですよ。そっちと違って、べつに探偵になれって言われたわけじゃないけど。……あの頃は、父親のことをかっこいいと思ってたんだよなあ……」

どこか遠い目をする惣助。

惣助の父親はブレンダもよく依頼する探偵事務所の所長、草薙勲だ。

ブレンダが惣助と初めて会ったのは惣助がまだ草薙事務所にいたときで、そのときは草薙惣助と本名を名乗っていた。

「探偵になったこと、後悔しているの？」

すると惣助は首を振り、

「父親の仕事の実態を知ったときは後悔したし、独立したあとの貧乏暮らしで早まるんじゃなかったと思うこともあったけど、最近は全然思わなくなったかな。なんやかんやでやり甲斐はあるし、サラも手伝ってくれるし」

（またサラちゃん……）

微かに嫉妬を覚えながらも、惣助とこんな内面に踏み込んだ会話をするのは初めてだったので素直に嬉しく思うブレンダ。

それからも、知っているようで知らないお互いの仕事のことや、学生時代の話題などで会話は弾んだ。

（これは……かなり良い感じなんじゃないかしら……!?）

串カツとどて煮でほどよく腹を満たしたところで、また次の店へ行く二人。

三軒目は岐阜の郷土料理と地酒がメインの居酒屋で、漬け物ステーキや鮎の甘露煮、赤かぶらの漬け物をつまみに、日本酒をいただく。

「くふふ、漬け物ステーキという名前はどうかと思うけれど、やっぱり日本酒のアテとしては最高ね」

「れすよねー。漬け物ステーキ最高ぉ！」

蓬莱の純米吟醸（岐阜県飛騨地方の蔵元で造られている銘酒で、「ひだほまれ」という飛騨で栽培される酒造好適米を原料にしている）を飲みながらしみじみと言ったブレンダに、酔って顔が赤くなっている惣助がへらへら笑いながら頷いた。

……今日の夕食で娘のサラが漬け物ステーキによって心に深い傷を負ったことを、惣助が知る由もない。

5月19日　21時52分

「うぃ～……ふひー……」

三軒目の店から出る頃には、惣助はべろんべろんに酔っ払っていた。

フラフラで鞄から財布を出すことすらままならなかったため、ここでの会計はブレンダが支払った。

惣助が居酒屋に入るのは基本的に調査対象を尾行中のときだけで、酔わないように酒はなるべく飲まないという。家でも夕食でたまに第三のビールを一缶飲む程度。

そんな惣助が今日はワイン、ビール、日本酒とちゃんぽんしたのだから、こうなるのも無理はない。

「さあ～ブレンダさぁ～ん！　次はなに食いますか～？」

テンション高く言った惣助にブレンダは苦笑し、

「なに言ってるの。今日はもう帰るわよ」

「ええ～。もっと飲みましょうよ～」

「アナタ、酒癖悪かったのね……」

呆(あき)れ顔をするブレンダ。とはいえ、初めて見る惣助のだらしない姿もこれはこれで可愛(かわい)くてキュンキュンするのだが。

岐阜横丁のビルを出て通りでタクシーを呼び止め、惣助と一緒に乗り込み、運転手に鏑矢(かぶらや)探偵事務所の住所を伝える。

七分ほどで事務所に到着し、ブレンダは料金を支払い、惣助の腕を引っ張って一緒にタクシーから降りた。

千鳥足の惣助の背中を支えながら階段を上り、事務所の扉の前までやってくる。

惣助がズボンのポケットから鍵を取り出して扉を開け、事務所へと入る。

(な、なりゆきで事務所まで来てしまったけれど、どうすればいいの……!?)

緊張して玄関先で立ち尽くしているブレンダに、惣助はろれつの回らない口ぶりで、

「なにしてんすか～？　はやく上がってくらさいよ～」

「あ、はい……」

思わず頷(うなず)き、中に入るブレンダ。

(つ、ついに惣助クンのおうちにお邪魔(じゃま)してしまったわ。しかも夜中に！　仕事ではなくプライベートで！　二人きりのときに！)

こうなることを期待していなかったわけではないが、実際にこうなると緊張と興奮のあまり

過呼吸になってしまいそうだ。

(クンカクンカ……これが惣助クンの家の匂い…………は全然しないわね)

そういえば、以前惣助に煙草は吸わないのかと訊ねたことがある(なんとなく探偵といえば煙草を吸っているイメージがあった)のだが、惣助曰く「煙草の臭いって、吸ってる本人が思ってる以上に広範囲に届くし、身体に染みつくから。昔はともかく喫煙人口がどんどん減ってるこのご時世だと、煙草の臭いでマルタイに意識を向けられる危険があるんですよ」とのことらしい。

仕事で喫煙所や喫煙可の店に入ることもあるので常に消臭スプレーを持ち歩き、煙草だけでなく香り全般に気をつけ、事務所でも無臭タイプの消臭剤を使っているらしい。

少し残念に思いながらスリッパに履き替え、廊下を歩く。

ブレンダがここを訪れたのは今回が三度目で、一度目は惣助が独立して事務所を開いたばかりのときに開業祝いを持って行った。

二度目は独立後に初めて仕事を依頼したときで、二回とも盾山が同伴していた。

それ以降は「忙しいのにわざわざ来てもらうのも悪いから」ということで惣助のほうがブレンダの事務所に来るようになった。

「ふう～～～」

リビングに入るやいなや、惣助がジャケットを脱いでテーブルの上に放り出し、ソファに背中から倒れ込むようにして座って「んあ〜」とだらしなく口を開いたまま目を閉じる。

そのまま身体を横たえようとした惣助に、ブレンダは慌てて、

「ちょっと！　寝るなら寝室に行きなさい！」

すると惣助は目を半分だけ開け、

「はーい、せんせぇ……」

小学生のように挙手をして、ゆらりと立ち上がって歩き出す惣助。

「誰が先生よ」

思わずツッコんでしまったが、ブレンダは普段から「先生」と呼ばれることのほうが多く、「ブレンダさん」と名前で呼ぶのは惣助を始め数人しかいない。

惣助と初めて会ったのは、まだブレンダが自分の事務所を開業して間もなくのことで、「草薙探偵事務所とは今後仲良くしていきたいからなるべく愛想を振りまいておこう」という打算のもと、名前で呼んでかまわないと言ったのを素直に従ってくれている。

ほとんど目を閉じた状態のままリビングを出て寝室へ向かう惣助のあとをついていくブレンダ。

寝室は和室で、中には布団が二組並べて敷いてあった。考えるまでもなく一つはサラが使っているのだろう。

（惣助クンと毎晩同じ部屋で寝ているなんて……なんて羨ましいの……）

布団のほかには壁際に本棚とスチール製のシステムデスクがあり、デスクの上には中学校の教科書やゲーム機などが並んでいた。親子の寝室であると同時に、サラの勉強部屋でもあるのだろう。

「おやふみなさい……」

そう言って惣助が布団に入り、完全に目を閉じてしまう。

「そ、惣助クン？」

呼びかけてみるも何の反応もない。どうやら一瞬で寝てしまったようだ。

（どどどどうしましょうどうしたらいいの!?）

好きな人が、自分の前で無防備な寝顔をさらしている。

人生初の状況に、弁護士ブレンダの聡明な頭脳が混乱をきたす。

（春花ちゃんの話では……チャンスがあったら絶対に見逃さないこと、だったわね）

昨日ブレンダが閨に今日のデートについて相談したところ、そんな答えが返ってきたのを思い出す。

――話を聞く限り真面目な人みたいですし、いっそ酔った勢いで既成事実とか作っちゃえば責任を取ってくれるんじゃないでしょうか。

（き、既成事実……）

惣助の顔、続いて上半身、さらに下半身へと順番に視線を移動させ、ゴクリ……と唾を飲み込むブレンダ。

（だ、駄目よなにを考えているの！　お互いの同意がない性行為は男女どちらからであっても犯罪なのよ……！）

弁護士である自分が進んで法を犯すなど決してあってはなら――

（……バレなければいいんじゃない？）

愛崎ブレンダは、遵法意識が低い悪徳弁護士であった。

とはいえ、性行為をしたあとバレずに済む方法など思いつかないし、そもそも既成事実を作って責任を取らせたいのに隠蔽しては意味がない。

実際に行為に及ぶのは諦めるしかないだろう。

しかしこのままなにもせず惣助の寝顔を見続けるだけというのは生殺しに近い。

（せめて何か成果を……あ、そうだわ！）

閨がよく不倫の証拠として持ってくるような、同衾している写真。ああいう写真くらいなら撮れるかもしれない。

そんなものを撮ったところで何の意味もないのだが、見返すたびに恋人気分を味わえて楽しい。

（これはいい考えね！）

……そろそろお気づきのかたもおられるかもしれませんが、ブレンダも酒の影響で今かなりバカになっています。

いそいそと服を脱ぎ、勢いのまま下着も脱いで完全なる全裸になって惣助（そうすけ）の寝ている布団へと侵入するブレンダ。

スマホで二人並んで布団に入っている姿を撮影し、なかなかいい構図の写真が撮れたことに満足する。

ブレンダの胸元は布団で隠しているが、服を着ていないことは一目でわかる。

（くふふ……これはどう見ても愛し合ったあとの写真だわ……）

愛（いと）おしげにしばらく写真を眺めたあとスマホを床に置き、身体（からだ）を惣助のほうに向ける。

（ワタシいま、惣助クンと同じ布団で寝ているのね……しかも裸で……！　こんなのもうセックスじゃないの！　ワタシは惣助クンとセックスしているのだわ……！）

圧倒的な幸福感に包まれてうっとりと目を閉じると、急に猛烈な睡魔が襲ってきた。

昨日から脳内シミュレーションと妄想を繰り返し、デート中はアルコールを入れながらもフル回転中だったブレンダの脳は疲弊（ひへい）しきっていたのだ。

ブレンダの意識が完全に途切れるまで、ものの数秒もかからなかった――。

5月20日　7時13分

「ううん……」

翌朝ブレンダが目を覚ますと、惣助が唖然とした顔で自分を見下ろしていた。

「あら……惣助クン……おはよう……」

ブレンダがそう言うと、惣助は顔を真っ赤にして顔を逸らした。

そんな惣助の態度を怪訝に思い、ブレンダが自分の姿を確認する。

全裸だった。

（〜〜〜〜〜〜〜〜〜〜〜〜〜〜〜〜〜〜〜〜〜〜〜〜〜〜〜!?）

思わず悲鳴を上げそうになるのを必死でこらえる。

（な、なんで!?　なんでワタシ、裸で惣助クンと!?　たしか昨夜は……）

慌てふためきながらも、昨夜のことをはっきりと思い出すブレンダ。ブレンダの優秀な頭脳は、酔ってアホになっているときのこともバッチリ記憶していた。

（ワ、ワタシはなんということを……！　ああどうしましょうどうしましょう！）

知恵を振り絞るブレンダに、惣助がおずおずと、

「あ、あの……ブレンダさん。すいません、俺、昨日のことよく憶えてなくて……」

その言葉に、ブレンダはハッと閃く。

とりあえず布団で身体を隠し、それから必死で落ち着いている風を装い、

「あら、憶えてないなんて酷いわね惣助クン。あんなことをしておいて……」

惣助がギョッと目を剝く。

「あ、あんなこと!? あんなことってなんですか!?」

「ふふ、言わなくてもわかるでしょう?」

ブレンダは近くの床に置いてあったスマホを手に取り、画面に昨夜自分で撮った同衾写真を表示して惣助に見せた。

「こ、これは……!」

惣助はまじまじと写真を凝視したあと周囲に視線を彷徨わせ、

「………………ふう」

と、なぜか安堵の息を吐いた。

「その反応はおかしくないかしら!?」

予想外のことに声を上げるブレンダに、惣助は淡々と、

「いやだって、なにごともなかったですよね俺たち。俺は服着たまんまだし」

「ふ、服を着たままイタしてしまう人だっているわよ?」

ブレンダの反論に惣助はなおも落ち着いて、

「部屋の状況的にもそういうことをイタしてしまった形跡はないし、この写真もスキャンダル捏造するときのテンプレみたいな構図だし。頭痛がするのと記憶が三軒目の途中あたりからないことを考えると、多分俺は昨日飲み過ぎて酔い潰れたんじゃないか？」

（冷静になるのが早すぎるわよ……観察も推理も的確……）

詰まるところ「自分は昨夜酔い潰れました」と自己分析しているだけなのだが、ドラマの探偵のごとく冷静な口調で整然と述べられるとかっこよく見えてしまう……というのはブレンダの欲目が過ぎるだろうか。

（でもしゅき♥）

ブレンダは諦めて嘆息し、

「アナタの言う通り、昨夜はべつになにもなかったわ。酔い潰れたアナタを事務所まで送り届けて、そのままワタシも寝てしまったというだけ」

「それはなんていうか、迷惑をかけたみたいですいません……」

謝罪しつつ、惣助は訝しげな顔を浮かべ、

「それはそうと、なんで裸で俺の布団の中に……？」

「……！」

ブレンダは顔が熱くなるのを自覚しながらそれを誤魔化すように、

「こ、これはその……ただの冗談よ！」

「冗談？」

「そ、そう！　ちょっと惣助クンをからかってあげようと思っただけ！」

勢い任せに断言したブレンダに、惣助は半眼になり、

「……ブレンダさん、冗談で男の前で脱ぐ人だったんですか」

「……！」

惣助の言葉の中に失望や軽蔑の色を感じ取り、ブレンダは心臓を突き刺されるような痛みを覚え――

ブレンダの目から、一筋の涙がこぼれ落ちた。

「ええ!?」

惣助が動揺して上擦った声を上げる。

「あ、あら、ワタシ……」

焦っているのはブレンダも同じだ。まさかいきなり涙が出てくるとは思わなかった。慌てて手の甲で涙を拭い、

「ちょ、ちょっと目が疲れているみたい」

「そ、そうなんですか。じゃあとりあえず洗面所で顔を洗ってきて――と、その前にはやく服を着てください！」

そう言って、惣助は逃げるように寝室から出て行った。

５月２０日　７時３２分

服を着て洗面所で顔を洗いダイニングキッチンに入ると、惣助が朝食の準備をしていた。

ブレンダがやってきたことに気づくと、惣助は少しばつが悪そうな顔をしながら、

「ええと……よかったら朝飯食っていきますか？」

「……いただくわ」

遠慮がちに頷くブレンダ。

「じゃあちょっと待っててください」

惣助に言われ、ブレンダは座卓の前に座る。

「ちなみにいつも朝はなにを食べているの？」

「基本的には米と味噌汁、あと納豆と目玉焼きとか」

「ふうん、思ったよりちゃんと自炊しているのね」

少し感心してブレンダが言うと、

「自炊って言うほどでは……米はパックで味噌汁はインスタントだし」

「……たしかに自炊と言うほどではないわね。目玉焼きしか作ってないじゃない」

正直な感想に、惣助(そうすけ)は少しふてくされたように、

「う、うるさいな。下手に自分で材料買って作るより、業務用スーパーとかでまとめ買いするほうが安上がりなんだよ」

「そういうものなの？」

最近料理を始めたブレンダだが、そういえばコスパについて考えたことはなかった。高いものほど良いものだろうと無条件に考え、並んでいる食材の中から迷うことなく一番高いものを買っている。

「それにサラが来てからは野菜も食べるようになったし、あと最近は、友奈(ゆな)がおかず作って持ってきてくれることが多いから助かってる。余ったら次の日の朝食に回せるし」

「へ、へえー……」

（友奈……永縄(ながなわ)友奈……！）

惣助の口から出てきたその名前にブレンダの顔が引きつる。

この事務所の近所に住んでいる女子中学生で、サラの友人。

惣助に頼まれて彼女が受けていたイジメに関する内容証明を作成したことがあるが、ブレンダ自身と直接の面識はない。

母子家庭で家事を一人でこなしてきたため料理上手で、よく事務所に手料理を作って持ってくるという。

このままでは友奈に惣助（とサラ）の胃袋を摑まれてしまう……と、ブレンダは友奈に一方的な対抗意識を燃やしていた。

以前惣助に肉じゃがを食べてもらおうとしたときも、友奈の悪質な妨害行為（ブレンダの個人的解釈です）により食べてもらえず、それからもことごとく惣助に手料理を食べさせるタイミングを逃している。

「惣助クン！　よかったら朝食はワタシが作りましょうか？」

「え？」

発作的に言ったブレンダに、惣助は意外そうな顔をした。

「前にも言ったでしょう。ワタシだって料理くらいするのよ」

「いやでも、お客さんに飯作らせるってのも」

「いいから任せなさい！　ワタシはお金持ちでグルメだから、アナタの作る貧相な食事になんて耐えられないの！」

「……そこまで言うならお手並み拝見しますよ。食材とかは好きに使ってください」

強く主張するブレンダに、惣助は少し不機嫌そうな顔で言った。

（またワタシは言い過ぎちゃった……！　バカ！　ワタシのバカ！）

以前にも金持ちアピールをして惣助に下品だと言われたことを思い出し、内心で激しく後悔しながら、冷蔵庫を開けるブレンダ。

野菜室やチルド室といった特別な機能は何もついていない安物の冷蔵庫で、調味料や食材が適当に詰め込まれている。

卵、納豆、鮭フレーク、醤油、ソース、ケチャップ、マヨネーズ、焼き肉のタレ、つけてみそかけてみそ、ソーセージ、豚肉、ジャガイモ、ニンジン、タマネギ、牛乳、ジュースやお茶のペットボトル。

「この豚肉とジャガイモとタマネギとニンジンは肉じゃがの材料かしら？」

ブレンダが確認すると、

「いや、カレー作ろうと思って買ったやつ。三日前くらいに」

「ジャガイモとタマネギは冷蔵庫に入れないほうがいいわよ」

「え、なんで？」

「ジャガイモは温度が低い場所に置いておくと水分が抜けたりデンプンが変質してしまうの。タマネギは湿気に弱いから冷蔵庫だと傷みやすいわ。ニンジンも冷蔵庫に入れるときはペーパータオルに包んだほうがいいわね」

「へー、詳しいんだな」

感心する惣助(そうすけ)に、素っ気なく「常識よ」と答えるブレンダ。本当は自分も最近閨(ねや)に教えてもらったばかりなのだが。

「で、なにを作ってくれるんだ？　肉じゃが？」

「そうね……」

冷蔵庫の中身を見ながら、ブレンダは自分の覚えた料理のレパートリーの中から、作れるものを検討する。

せっかく肉じゃがの材料が揃っているのだから、以前食べてもらえずに終わったリベンジを挑むのもアリだが、今の自分の力ならもっと強くアピールできるものが作れるはずだ。

記憶力に優れるブレンダの頭には、習得した料理のレシピや所要時間などのデータがすべて完全に入っている。

（そうだわ！）

「肉じゃがももちろん作れるのだけれど、煮込み料理は少し時間がかかるわ。朝食だし短時間で作れるスパニッシュオムレツにしましょう」

「おー、なんか知らんけど美味そう」

「くふふ、期待してちょうだい」

スパニッシュオムレツ――スペイン風オムレツとは、正式にはトルティージャという名前のスペインの代表的な郷土料理のことである。

塩で味付けした卵に具材を混ぜてフライパンで円形に焼いた料理で、ジャガイモが入っているのが特徴。

ジャガイモ以外の具材は人それぞれで、タマネギ、ニンジン、ソーセージ、豚肉、海老、チーズなど、日本におけるお好み焼きのように様々な具材が使われる。

難易度自体は普通のオムレツを（見栄え良く）作るよりも簡単でありながら、スパニッシュと付くことで料理をしない人間にはなんとなく普通のオムレツよりすごそうに聞こえるため、肉じゃがと同じく過大評価してもらいやすい料理の一つだ。

スパニッシュオムレツを作るのにかかる時間は約十五分。

冷蔵庫に余っていた食材を使って短時間で美味しい料理が作れるというのは、女子として……いや、人間としてポイント高いというのはブレンダにも理解できる。

「卵とジャガイモの他に使うのは……そうね、オーソドックスにタマネギとニンジンとソーセージでいいかしら」

意気揚々と料理を始めるブレンダだった。

5月20日　8時12分

（ご、誤算だったわ……）

どうにか完成したスパニッシュオムレツを前に、ブレンダは額の汗を拭う。

レシピを暗記しているのと、それを上手く作れるかはまったくの別問題であった。

十五分くらいでパパッと作るはずだったのに、軽く三十分以上かかってしまった。

最初の誤算は台所にピーラーがなかったことだ。

ブレンダは包丁の扱いがあまり得意ではなく、野菜の皮を剝くときは基本的にピーラーを使っていた。

包丁があまり切れ味の良くない安物だったこともあり、ジャガイモとニンジンの皮を剝くのに非常に時間がかかり、具材を細かく切るのにも手間取った。

特に苦戦したのはタマネギで、切りながら涙が止まらなかった。タマネギを切るとき涙が出るのは、タマネギの細胞が壊れたとき出てくる物質が鼻や目の粘膜を刺激するからなのだが、ブレンダが家で使っている高級包丁は細胞をあまり壊さずに切れるため、これまでタマネギに苦戦したことはなかったのだ。切れ味が良すぎて少し指に触れるだけでも切れてしまうので、あれはあれで大変なのだが。

計量スプーンがなかったのも想定外だった。

なにごともレシピ通りを旨とするブレンダにとって、フライパンにひく油の量や塩の量を感覚で調整するのは困難で、結果、少し焦げてしまった。

（ワタシは所詮、知識だけで技術が追いついていない素人ということね……）

落ち込むブレンダに、

「見てて正直ヒヤヒヤしたけど、無事に完成してよかったです」

レトルトのご飯をレンジで温め電気ケトルで湯を沸かしながら、惣助がホッとした顔で言った。

ブレンダが調理している間、横で惣助はずっとハラハラした表情を浮かべていた。傍目から見てもどうやらブレンダの手つきはかなり危なっかしかったらしい。

「少し失敗してしまったけれど、これはワタシのせいではなく道具が悪いのよ」

言い訳するブレンダに惣助は「はいはい」と軽く流し、

「それより早く食いましょう。めちゃくちゃ腹減りました」

「そ、そうね」

皿に取り分けたスパニッシュオムレツ、ご飯と味噌汁とお茶、ケチャップ、箸を食卓に運び、ブレンダと惣助は向き合って座る。

「じゃ、いただきます」

「いただきます」

惣助がオムレツにケチャップをかけ、箸で一口ぶん切り、それを口に運ぶ。ブレンダはその様子を恐る恐る見守る。

「うん、美味い」

惣助の言葉に、ブレンダはホッとしつつも、

「ほ、本当に?」

確認するブレンダに惣助は微苦笑を浮かべ、

「ほんとですって」

「……」

真偽を確かめるべく、ブレンダもオムレツを一口食べてみる。

微妙に焦げているし卵の味付けが少し塩辛いしニンジンが微妙に生っぽい。食べられないほどではないが、上手くできたとは到底言えない。

「ふ、普段はもっと上手くできるのよ。今回は使い慣れてない調理器具だったから」

「わかってますよ」

「本当だから。今度うちに来たときに食べさせてあげるから」

「いや、そんなお気遣いなく」

「気遣いじゃなくて、この程度がワタシの実力だと思われるのが嫌なの！」

食い下がるブレンダに、惣助は苦笑を浮かべる。

「わかりました。じゃあ今度ご馳走になります」

「ええ、期待してちょうだい」

すました顔で言うブレンダだったが、惣助にまた手料理を作る約束を取り付けることができたことに、心の中では踊り出したいほど喜んでいた。

5月20日　8時34分

朝食を食べ終え、ブレンダは惣助の事務所をあとにする。

事務所の前までタクシーを呼び、

「それじゃあまた、近いうちに仕事をお願いするわ」

「はい。今後ともご贔屓に」

玄関先で惣助に挨拶し、ブレンダは扉を開ける。

事務所の外に出たところで振り返り、

「これだけは言っておきたいのだけれど」

「はい？」

小首を傾げる惣助に、ブレンダは頬を赤らめ、

「ワタシがアナタの布団に裸で潜り込んでしまったのは、お酒のせいで暑かったのと頭がおかしくなっていたからで、決して冗談で脱ぐような女ではないわ」

「まあそんなとこだろうと思ってました」

惣助が苦笑を浮かべる。

ブレンダはさらに頬を赤くしつつ、真剣な目で惣助を見つめ、

「あと、それからもう一つ」

「はあ」

「……ワタシ、父親以外の異性に裸を見られたのは惣助クンが初めてだから」

言うが早いかブレンダは扉を閉め、逃げるように事務所を離れるのだった――。

5月20日　8時36分

ブレンダが事務所から出ていったあと。

惣助は、しばらく玄関先で突っ立っていた。

昨夜から今朝にかけ、たった一晩で愛崎（あいさき）ブレンダに対する印象が一気に上書きされてしまった気がする。

外見に反してちゃんと酒の飲み方がわかっている大人の女性であり、かと思えばすぐムキになる子供っぽい面もあったり。

彼女の事務所で惣助に仕事を依頼するときの、プロの弁護士らしい泰然（たいぜん）とした姿。

木下望愛（きのしたのあ）の公判で目（ま）の当たりにした、白いスーツ姿で検察や裁判官、証人たちと堂々と渡り合う姿は、素直にかっこいいと思った。

不器用ながらも真剣に料理を作っている横顔とか。
初心(うぶ)な少女のような照れ顔とか。
あと裸とか。
彼女の見せる多様な一面が脳内を駆け巡り、なかなか頭から離れてくれない。
(なんだろなコレ……顔が熱い……)

娘の帰還

5月20日　12時9分

ブレンダが帰ってから数時間後。

正午を少しまわったころ、鏑矢(かぶらや)探偵事務所にサラが帰ってきた。

「ただいマンモス！」

「おう、お帰り」

急いで二人分のインスタントラーメンを冷凍のカット野菜と一緒に茹(ゆ)で、昼食の準備をする惣助(そうすけ)。

食卓にサラと向き合って座り、食べ始める。

「んで、どうだった？　初めての旅行は」

惣助が訊(たず)ねると、サラはラーメンを飲み込んだあと、「んー」と首を傾(かし)げた。

「楽しくなかったのか？」

「んにゃ、旅行自体はバスの中でカラオケやったり夜にみんなでゲームやったりしてメッチャ楽しかったのじゃが、旅先の白川郷(しらかわごう)自体はそんなでもなかった」

「そうか……うーん、まあ、べつに遊ぶ場所とかないしな」

サラの答えに、惣助(そうすけ)も自分が中学生のとき学年旅行で行った白川郷(しらかわごう)のことを思い出し、苦笑する。

世界文化遺産も豊かな自然も、大人目線でどれだけ価値があろうと、大多数の中学生にとっては特に興味を惹(ひ)かれるものではないだろう。

「でも星とか綺麗じゃなかったか？」

空気が澄んでいるため、白川郷の夜空は岐阜市内で見る夜空と比べものにならないほどたくさんの星が輝いており、けっこう感動した記憶がある。

「はあ？　星ぃ？」

サラが顔をしかめる。

「言われてみればこっちの夜空より星がよく見えた気もするが、そんなもんあっちの世界で見飽きておるから今さら何の感動もないわい」

「な、なるほど」

サラの元いた世界の文明レベルはこの世界より低く、都会でも夜は暗く大気汚染も進んでいないので、満天の星空など珍しくもないのだろう。

「なによりダメなのは食事じゃ！」

サラが急に語気を強めた。

「食事？」

「あの漬け物ステーキとかいう料理だけは絶対に許せぬ！　ステーキというから本場飛騨牛（ひだぎゅう）のステーキを期待しておったら、焼いた漬け物が出てきたのじゃ！」

「あー、飛騨っ子のトラウマトラップに引っかかっちゃったかー」

　苦笑する惣助にサラは大真面目な顔で、

「あれは子供の精神によくない影響を及ぼしかねん。漬け物ステーキをステーキと呼ぶのは虐待（ぎゃくたい）じゃと教育委員会から通達を出すべきじゃ」

「漬け物ステーキも美味（うま）いと思うけどな。ぶっちゃけ酒のツマミとしては牛肉のステーキよりも優秀まである」

　しかしサラはなおも憤懣（ふんまん）やるかたない様子で、

「とにかく妾（わらわ）、あんな何もないド田舎なんぞ二度と行かんわ！　飛騨地方など富山県にくれてやればよいのじゃ！」

「白川郷はともかく飛騨地方ごとディスってやるなよ……。飛騨には下呂（げろ）温泉もあるし……あとスーパーカミオカンデもあるし」

「スーパーじゃと？　そんなものが名所扱いとはさすが映画館もない娯楽不毛地帯」

「いやスーパーマーケットの名前じゃねえよ」

　サラの勘違いに惣助はツッコミを入れる。

「にゃぬ？」

「スーパーカミオカンデってのは、飛騨(ひだ)地方神岡町(かみおかちょう)にある日本最大のニュートリノ観測施設の名前だ」

「ほほう？」

　興味を惹(ひ)かれた様子のサラに、惣助(そうすけ)は説明する。

「白川郷(しらかわごう)よりもっと北の山奥の、旧神岡鉱山の地下千メートルにあって、そこでの研究結果によって日本人科学者が何人もノーベル賞を受賞したりしてる。日本の宇宙素粒子物理学は世界最先端だから、スーパーカミオカンデは世界一の研究施設ってわけだな」

「そ、そげなすごいもんがなにゆえ飛騨のド田舎にあるのじゃ!?」

　驚きに目を丸くするサラ。

「素粒子観測施設は宇宙線の影響を減らすために地下深くに作る必要があるんだが、旧神岡鉱山の固い岩石と、それを運営してる神岡鉱業の高度な掘削技術が、地下深くに巨大空間を作るのに適してると判断されたんだ」

　惣助の話を聞いたサラは、自分のスマホでスーパーカミオカンデを検索し、しげしげと画面を眺めながら、

「おふぉほう、こ、これが……！　こんなバチクソカッチョイイものが飛騨の山奥に埋もれておったとは！」

「いや埋もれてはねえよ。現役で活躍中だ」

「ええい、こんなナウいハイカラなものが飛騨におわすはずがない！　ニュートリノ観測施設様を騙（かた）る偽物じゃ！　斬り捨てい！」

「愚か者め。余の顔を観測し忘れたか！　なんてな」

暴れん坊将軍ごっこ（時代劇ジョーク）に対し量子力学ネタで答えるというハイコンテクスト（前提知識を要する交流）親子会話コントのあと、さすがにサラも観念する。

「む、むう……飛騨もなかなかやりおるのう……。妾（わらわ）は白川郷なんぞよりスーパーカミオカンデに行きたかったのじゃ」

　惣助は苦笑し、

「公立中学の見学先としちゃレベルが高すぎるだろ」

「ほんなら今度連れてって」

「基本的に一般の見学は受け容（い）れてないから無理だ」

「えー」

　惣助の答えに、サラが残念そうな顔をした。

「……むーん、でもめっちゃ欲しいのうコレ」

「欲しいってお前、おもちゃじゃねえんだから……」

「おもちゃじゃないからこそ欲しいんじゃよ。大統一理論を極めれば妾の魔術は神の領域に達すると思うのじゃが……」

「神て。ンな大げさな…………大げさ、だよな？」

この他愛(たわい)ない会話が、サラの人生（と世界）を大きく動かすことになるのだが、それを知る者はまだ誰もいない——。

5月20日　14時34分

惣助とブレンダがデートした日の翌日、探偵の閨春花が愛崎弁護士事務所を訪れた。

仕事の用事ではなく、ブレンダの服を選んだり他にもいろいろアドバイスした友人として、昨日のデートの結果を訊ねるためである。

「それで先生、昨日はどうでしたか？」

事務所のダイニングキッチンで、さっそく閨はブレンダに訊ねた。

するとブレンダは優雅な仕草でテーブルの上に置かれたコーヒーを飲み、手作りチョコレートを一つ口に含み、目を細めて微笑んだ。

「もう。焦らさないでください」

唇を尖らせる閨にブレンダは「くふふ、ごめんなさい」とコーヒーを置き、

「デートの結果はまあ、そこそこ……というところかしら」

そこそこという微妙な言葉に反して、ブレンダの声音には隠しきれない喜びの色があり、表情も少しドヤ顔っぽかった。

「具体的にはどうだったんですか？」

訊ねる閨に、ブレンダはさらに笑みを深め、デートのことを語った。

デートの場所は岐阜横丁。

美味しい料理と酒に話も弾み、最初から非常にいい雰囲気だったらしい。

岐阜横丁を出たあとはタクシーで彼の部屋に行き、なんと一夜を共にして朝帰りをキメたという。

これには閨も驚嘆せざるをえない。

「たしかに既成事実でも作っちゃえばってアドバイスはしましたけど、まさか本当にやってのけるなんて！　すごいです先生！」

「くふふ、これくらいなんてことはないわ」

得意げな顔をするブレンダ。

「それじゃあ、無事にその人と付き合うことになったんですね？」

閨の言葉にブレンダは一瞬顔を引きつらせたのち、余裕の笑みを浮かべ、

「ふふ、ワタシたちはお互いオトナだから。一晩寝たくらいで即恋人になるというわけではないわ」

「そーなんですねー」

昨日まで処女だったブレンダがいきなりイキったことを言い出したのを微笑ましく思いつつ

つ、

（真面目なサラリーマンという話でしたけど、エッチしておいて責任を取らない人だったんですね……）

闇の中で、未だ見ぬ（と闇は思っている）ブレンダの思い人の評価が下がった。ブレンダにはあまりいい加減な男に引っかかってほしくないのだが。

保護者目線の闇に、ブレンダは続けて、

「それから今朝、ようやく彼にワタシの手料理を振る舞うことができたわ」

「ほんとですか？　よかったですね」

「ええ」

嬉（うれ）しそうにはにかむブレンダ。心なしか、一夜を共にしたと報告したときよりも嬉しそうな気さえする。

「なにを作ったんですか？」

「スパニッシュオムレツよ。冷蔵庫に入っていた余り物でパパッと」

「それはポイント高いですね！　喜んでもらえましたか？」

「え、ええ。もちろんよ。またぜひ食べたいと言うから、今度はワタシの家に呼んでご馳走（ちそう）することになったわ」

「次の約束まで取り付けるなんてすごいじゃないですか。ここまできたらもう勝利は目前ですよ！」

「そ、そう？　そうよね……ふふ」

ブレンダは照れ笑いを浮かべ、

「これも春花ちゃんがいろいろ助けてくれたおかげよ。これからもよろしくね」

「もちろんです。先生には幸せになってもらいたいですから」

閨にしては珍しく、本心から他人の恋の成就を願う。

それと同時に、

（……わたしも頑張らないとなー）

自分の不甲斐なさを省みる閨。

少々不安なところはあるが、ブレンダは勇気を出して行動し、思い人との関係を進展させることに成功した。

それに比べて自分は、逆に好きな人――鏑矢惣助に対するアプローチを控えるようになってしまった。

ブレンダと一緒に作ったチョコレートも渡さず、上達した料理の腕をアピールすることもしていない。

理由は惣助にサラという（少なくとも戸籍上は）子供ができてしまったからだ。

惣助と恋人にはなりたいし、いずれは結婚もしたいと思う。

しかし、いきなり中学生の娘の母親になるという覚悟はどうしても持てなかった。

だから惣助との仲を深めることに対して及び腰になっていたのだが、それは間違っていたのかもしれない。

まずは恋人になるために全力で努力すべきなのかもしれない。

結婚とか子供のことなんて、恋が実ったあとで考えればいいのだ。

「ありがとう、春花ちゃん」

そう言ったブレンダに、闇は微笑(ほほえ)み、

「いえ、こちらこそありがとうございます」

「え？　なにが？」

「先生のおかげで、わたしも前に進む勇気が湧いてきました」

「……？」

ブレンダが不思議そうな顔をする。闇は照れ笑いを浮かべ、

「実はわたしにも、ずっと片想いしてる人がいるんです」

「ええ!?　そうなの!?」

闇の告白に、ブレンダが大きく目を見開いた。

「そこまで大げさに驚かなくても」

闇が苦笑すると、

「だって、春花ちゃんだったらどんな相手でもすぐ落とせそうなものだから……」

「それがそうもいかないんですよねー」

「どうして?」

「その人、わたしの仕事を知ってるんです。だから誘惑しても警戒されるだけで本気だと思ってもらえなくて」

「なるほど……。もしかして相手は同じ事務所の人かしら?」

「はい。職場の先輩です」

厳密には「元」先輩なのだが、好きになったのは惣助が同じ事務所にいた時だし、細かいところはべつにいいだろうと閨は判断した。

「……たしかにそれだと、春花ちゃんのモテテクニックが使えないどころか、逆効果ですらあるかもしれないわね」

「そうなんです。我ながら厄介な人を好きになっちゃいました」

自嘲的な笑みを浮かべる閨に、ブレンダは励ますように、

「大丈夫よ。頑張ればきっと気持ちは伝わるわ」

「そうですね。わたしも先生を見習って、小手先のテクニックに頼らずまっすぐにぶつかってみます」

「応援しているわ、春花ちゃん」

「ありがとうございます。わたしも先生のこと、これからも応援してます」

「ありがとう。お互い頑張っていきましょう！」

「はい！」

お互いの恋を心から応援する閨とブレンダ。

友達の少ない悪女同士、年齢や職業を超えた真の友情が二人の間には芽生えていた。友情って本当に素敵ですよね。

親友の応援を受け、閨は具体的にどうするかを思考する。

そして気づく。

（あっ、そういえば明日は先輩の誕生日じゃない！）

惣助との仲を深めるタイミングが早くも見つかってしまった。

きっと昨日までの閨なら、決心がつかずに見過ごしていたことだろう。だが、

「先生、やることができたので今日は失礼します」

そんな閨の声に何かを感じ取ったのか、

「ええ。頑張ってね、春花ちゃん」

勇気づけるようにそう言って、ブレンダは微笑(ほほえ)んだのだった――。

5月21日　17時54分

翌日の夕方、閨春花は昨日大急ぎで用意した惣助への誕生日プレゼントを持って、鏑矢探偵事務所を訪れた。

惣助がいま事務所にいることは、もちろん確認してある。

プレゼントは金箔入りのスパークリングワインで、ボトルには「HAPPY　BIRTHDAY　30th　Dear　SOSUKE」というメッセージが刻印されている。

「お久しぶりです先輩」

扉を開けて出てきた惣助に、閨は緊張を隠しながらいつもどおりの笑みを浮かべる。

「おう。とりあえず中入れ」

惣助に事務所の中へと通される。

玄関には惣助の靴しかなく、リビングにもサラの姿はない。

「サラちゃんはどうしたんですか？」

惣助と向き合って座って訊ねると、

「友達の家に遊びに行ってる。もうすぐ帰るって連絡あったから、晩飯用意しないとな」

「へー……」

惣助の答えに、閨の胸は高鳴る。

このチャンスを逃してはならない。

邪魔者がいないうちにプレゼントを渡し、そのまま告白だ。

「で、緊急の用ってなんだ?」

「先輩、今日お誕生日で――」

すよね、と闇が言い終わる前に。

パーン! と、惣助と闇の頭上で何かが弾けるような音が響き、キラキラと光の粒が部屋に舞い散った。

「きゃあっ!?」

「うおっ!? なんだ!?」

悲鳴を上げる闇と、驚愕の色を浮かべつつも即座に席を立ち、中腰で闇を庇うように右手を上げ警戒態勢を取る惣助。

光の粒はほどなく風に散る砂のように跡形もなく消え、リビングにある音楽プレイヤーから大音量で陽気な音楽が流れ出した。

それからベランダの扉が勢いよく開き、変わった服装の金髪の少女と高級スーツ姿の中年の男が、リズムに乗って踊りながら部屋の中に入ってくる。

「サラ!?」

「所長!?」

リズムに乗っているようでよく見ると全然乗れていない珍妙なタコ踊りをしながら「かぁ～もん　べいびぃ～　アメリカぁ～♪」と変顔しながら楽しげに歌っている少女は、惣助の娘のサラ。

ＤＡ　ＰＵＭＰを完コピしたキレのあるムーブをキメている中年は、惣助の父親で閨の雇用主でもある草薙勲だった。

二人に続き、中学生くらいの少女と、チャイナドレス姿の若い女と、黒いカフェエプロン姿の初老の紳士が続々と部屋に入ってきた。

若い女と初老の紳士もなかなか見事なダンスをしており、一人だけ踊っていない少女は恥ずかしそうな顔をして花火が刺さったモンブランを皿に載せて運んでいる。

五人とも、頭にパーティー用の三角帽子を被っている。

「友奈に鈴麗さんとマスターまで……!?」

ぽかんとしている惣助の前へと、サラたちは徐々にズンチャカズンチャカ踊りながらやってきて、音楽が止まるのと同時に、

「「「「「ハッピーバースデー!!」」」」」

五人は一斉に惣助に向けて叫び、それと同時にモンブランを持っている少女以外がパーンとクラッカーを鳴らした。

クラッカーのテープを頭にかぶった惣助は、しばらく呆けた顔をしていたが、やがて笑いを

噛み殺すように口をもごつかせたあと、

「お、おう……ありがとう」

少し頬を赤らめてそう言った。

「ガハハ！　パパと娘によるサプライズフラッシュモブだ。感激したら泣いてもいいんだぞ惣助！」

「誰が泣くか」

笑う勲に惣助は鬱陶しげに言った。

「ちなみに企画・発案したのはサラちゃんだ！　お前に内緒でダンスの練習までして、サラちゃんはほんとにいい子だねえ」

「ふひひ、驚いたかや？　惣助」

サラが悪戯っぽい笑みを浮かべる。

「そりゃ驚くわ。そもそもお前に俺の誕生日教えてたっけ？」

「前にそなたの免許証をチラ見したのじゃ」

「さすが抜け目ねえな……」

惣助が苦笑を浮かべる。

「こ、これ、一応バースデーケーキ」

少女が持っていたモンブランをテーブルの上に置いた。

「ちなみに友奈（ゆな）の手作りじゃ！　栗は岐阜県産の利平栗（りへいぐり）を使っておる」

「マジか！　モンブランって家で作れるものなのか……」

「べつにそこまで難しくないし」

驚く惣助に友奈が頬を赤らめて言った。

「いやーでもありがとうな。好きなんだよモンブラン」

ちなみに岐阜県は日本有数の栗の産地で、和栗の大きさと天津甘栗（てんしんあまぐり）の強い甘みを併せ持ち「栗の王様」とも呼ばれる利平栗は岐阜県で生み出された。

「ガハハ、惣助は子供の頃からモンブランが好きだったからな」と勲。

「つーか、ずっと五人でベランダに隠れてたのか？」

「そんなわけあるまい。『らいてう』で待機して、事務所に仕掛けたカメラでそなたの様子を窺（うかが）いつつ頃合いを見て裏口からハシゴでベランダに登ったのじゃ」

「やってること完全に泥棒じゃねえか」

「この部屋のオーナーはマスターだから問題ないよー」

『らいてう』店員の鈴麗（リンリー）がそう言って笑った。

「そういう問題か……？　そういや、二人とも店空けて大丈夫なのか？」

「今は貸し切りにしてもらっている」

勲の言葉に、惣助が「そこまでするか……」と呆（あき）れ顔をする。

それから惣助(そうすけ)はふと閨(ねや)に視線を向け、

「で、閨もこのサプライズに一枚噛(か)んでたってわけか？」

「え？　あっ、あ、えっと……」

想定外の事態をただ呆然(ぼうぜん)と見ていることしかできなかった閨は、突然話を振られて狼狽(うろた)える。

そこへ勲(いさお)が、

「いや、閨くんには何も話してないが。君はなぜここに？」

閨はどうにか平静な顔を装い、

「それはもちろん、お世話になってる先輩の誕生日をお祝いするためですよ。もちろんただの義理ですけど。どうせ先輩なんて他にお祝いしてくれる人もいないと思ってたんですけど、意外といたみたいで驚きました」

「そなたそんなツンデレみたいなキャラじゃったっけ？」

早口で言った閨に、サラが小首を傾(かし)げた。サラの隣では、閨の知らない少女がどこか警戒するような眼差(まなざ)しをこちらに向けている。

「こ、これは先輩の好みに合わせてキャラを調整してるだけです」

「なんと！　惣助そなたもツンデレ好きじゃったか。気が合うのう」

「人を勝手にツンデレ好きにするんじゃねえ」

ツッコミを入れた惣助にサラは、

「ほんなら蘭姉ちゃんと灰原どっち派？」

「……灰原」

「ほれー」

目を逸らして答えた惣助に、サラがドヤ顔をする。

「と、とにかくはいこれ先輩、誕生日プレゼントです！」

闍は惣助にプレゼントの入った紙袋を押しつけた。

「お、おう」

戸惑いの色を浮かべながら受け取った惣助は、袋からスパークリングワインを取り出す。

「おお、美しい瓶じゃな！　キラキラしておる！」

リボンが巻かれた綺麗なボトルに特注のメッセージ刻印の入ったワインを見て、サラが目を輝かせた。

「ほほう、さすが闍くん。なかなか気の利いたプレゼントだな」

勲の言葉に闍は慌てて、

「ぜ、全然安物なんですけどね！」

「安物？　たしかあの店の刻印入りボトルサービスは最低でも――」

「所長、プレゼントの値段をバラすのは無粋ですよ？」

勲の台詞を遮り、目が笑っていない笑顔を向ける闍。

「ふっ、たしかにそれもそうだな」

　何かを察してしまったのか、勲は愉快そうに口の端を吊り上げた。

（ほんとに厄介な狸親父ですね……！）

　会社の社長としては頼もしいが、もし惣助と結婚したらこの男が義理の父となるのは嫌すぎる。いや、彼氏の父親としても絶対に面倒くさい。

「それじゃ先輩、用事は済んだのでわたしはこれで」

　この状況では惣助と仲を深めるどころではないと判断し、ひとまず退散しようとする閨を、サラが呼び止める。

「待つのじゃ。このあと『らいてう』でバースデーパーリィをするのじゃ。せっかくじゃし、そなたも交ざらんか？」

　サラに続いて勲も、

「それがいい。料理もたっぷり用意してあるからな」

「い、いえ、わたしはこれから予定があるので！」

　慌てて断る閨。

「そっか。じゃあまたな。プレゼントありがとう」

　惣助がそう言って閨に微笑んだ。

「は、はい。じゃあまた」

HAPPY

閨(ねや)は顔が熱くなったのを誤魔化(ごまか)すためにぺこりと一礼し、逃げるように部屋をあとにしたのだった。

5月21日　19時36分

事務所でモンブランを食べ終えたあと、惣助(そうすけ)は『らいてう』で誕生日パーティーを開いてもらった。

サラからはマグカップ、父親からはアマゾンギフトカード3万円分、友奈(ゆな)からはハンカチをプレゼントされ、マスターの特製ディナーを食べる。

店の内装は簡易的ながら誕生日仕様に飾り付けられ、普段はメニューの書かれている黒板には『HAPPY BIRTHDAY!』という飾り文字が書かれている。

正直、ついに自分も三十歳になるのかと思うと、今日を迎えるのが憂鬱(ゆううつ)ですらあったのだが、こうやってみんなに祝ってもらえると素直に嬉(うれ)しい。

カプレーゼやカルパッチョやアクアパッツァといった、普段の食生活には馴染(なじ)みのない小(こ)洒落(じゃれ)た料理を食べながら、閨にもらったスパークリングワインも一緒に飲む。

一昨日ブレンダと飲んだ赤ワインと同じく飲み慣れてはいない酒だが、炭酸のおかげもあって飲みやすく、どんな料理とも合う。

一人では飲みきれないかもしれないと思ってこの場で飲むことにしたのだが、このぶんだと惣助一人で一本空けてしまいそうだ。

酒が飲めるなら幅広い層の好みに合い、空いた瓶は捨てることもできるがインテリアとしても十分使えるレベルと隙がない。サラも気に入ったようだし、部屋に飾るとしよう。

「さすが闇の選んだプレゼントだな……これがハニートラップの達人のセンスか」

惣助が呟くと、同じテーブルでウイスキーを飲んでいた勲が自慢げに、

「ガハハ、闇くんにそのワイン専門店を教えたのは実は俺だ！　洒落たデザインのボトルが多くて女の子にもウケがいいから惣助も覚えておくといい」

「……知りたくなかったよ」

余計な情報に惣助は顔をしかめる。

そこでサラが、

「しかし今日の闇はなんか様子が変じゃったのう」

闇は普段から仕事の訓練のために、『日本人男性の最大公約数に好まれそうな女性』というキャラクターを自覚的に演じているのだ。

それを考えるとたしかに今日は普段の闇とは違う様子だったが、

「闇が自分で言ってただろ？　俺に合わせてツンデレ風にキャラ変してみたって。まあ今回は

的外れなキャラ作りではあったけど、あいつが相手に合わせて最適なキャラを演じ分けられるようになったら、ますます被害者が増えるんだろうな……」

嘆息しながら、惣助（そうすけ）は閨（ねや）の雇い主である勲（いさお）を睨（にら）んだ。

しかし勲は息子の非難の視線など気にも留めず豪快に笑う。

「ガハハ、頼もしい話だな！　閨くんには我が社のためにもっともっと稼いでもらわねば！　惣助で訓練して工作員としてレベルアップした閨くんが稼いだ金を、俺が息子と孫に貢ぐ！　素晴らしいスパイラルじゃないか！」

「地獄みたいな構造だ……」

そんな父子の会話を横目に、

「ほむ……ほんとにキャラ作りなのかのう……」

テーブルの上に置かれたプレゼントのボトルに刻まれた「Ｄｅａｒ ＳＯＳＵＫＥ」の文字を見つめながら、サラは釈然としない顔で呟（つぶや）いたのだった──。

ドスケベ地下格闘家女騎士

4月23日　21時34分

四月下旬のある日の夜、リヴィアはミコトと二人で高級中華料理店に来ていた。

ミコト――剣持命――年齢はリヴィアと同じくらいで、刃のような鋭さと桜のような儚さを併せ持った雰囲気の女である。

二日前、ミコトが暴漢に襲われているところに遭遇したリヴィアは、彼女に助太刀して共に暴漢たちを蹴散らし、そのまま彼女のボディーガードとして雇われることになったのだ。

ミコトは何か病を患っているらしく、外では特注の車椅子に乗っているのだが、言動は快活そのもので、出会ったときは車椅子を自由自在に操って三人の男をあっという間に倒してしまったほどだった。

高級中華を二人で味わい尽くし、

「ミコト殿もかなりの健啖家ですね。この調子なら病気などすぐに治ってしまうのでは？」

そんな軽口を言ったリヴィアに、

「はは、それは逆だよ」

「逆？」

「ちょっと前までは治療のために食事を制限されて外出も全然できなかったけど、もうどうやったって快復は見込めないから、何も気にせずに好きなものを食べて好きなように行動できるようになったんだ」

あっけらかんとした口調で、穏やかな笑みを浮かべてミコトはそう告げたのだった。

「世界中にありふれた病気、ではなかったのですか？」

前にミコトが苦しそうな様子を見せたとき、そう言っていたのを思い出して訊ねるリヴィアに、

「嘘は言ってないよ。今も世界中で大勢の人が苦しんでいる、とてもありふれた病気さ」

ミコトはどこか皮肉っぽい調子で言った。

「……薬も手術もいろいろやったけど、結局どうやっても助からないということになった。今の私はいつ死んでもおかしくないんだってさ」

「その割にはお元気そうに見えますが……」

「顔色は化粧で誤魔化してるだけだよ。まあ、キツい延命治療から解放されて精神的にはすこぶる快調だけどね。ずっと入院していた末期の患者が、住み慣れた家に帰ったら一時的に元気を取り戻すというのはたまにあることらしい」

「そうなのですか……」

リヴィアは少し考え、立ち上がってミコトに近寄る。

「リヴィア？」

「少し試させてください」

そう言ってリヴィアは、ミコトの背中に手を当て、治癒(ちゆ)魔術を発動した。

「……？　なにをしてるの？」

訝(いぶか)しげな顔をするミコトに、

「某(それがし)、実は中国拳法が使えるのです。いま、気の力でミコト殿の生命力を高めています」

「……そういうオカルト的なものは嫌いなんだけど」

ミコトは顔をしかめ、その直後「うっ……」と苦しげに呻(うめ)いた。

「大丈夫ですか⁉　ミコト殿！」

「よくあることだよ」

ミコトはそう言うと、慣れた手つきでポケットからピルケースを取り出して中に入っていた錠剤を何粒か飲み込んだ。

「はぁ、はぁ……さすがに今日ははしゃぎすぎたかな」

苦しげに喘(あえ)ぐミコトの額には、びっしりと脂汗が浮かんでいた。

治癒魔術で痛みが消えた様子はまったくない。

（やはり効果はありませんか……）

リヴィアのいた世界の治癒魔術は、人体の回復力を一時的に増幅するもので、軽い風邪や怪我などはすぐに治せるが、虫歯や癌など自然回復が望めない病気には一切効果がない。

こちらの世界の医療技術で手の施しようがなければ、魔術で治せるわけもなかった。

「申し訳ありません。某の力ではどうしようもないようです」

「いやまあ、そりゃそうだろうけど。……本気で言ってたの？　気がどうのって」

謝罪するリヴィアに、ミコトは戸惑いの色を浮かべた。

「某の主――いえ、元主ならば、治療はできずとも痛みを消す術が使えるはずです。ご紹介しましょうか？」

「いいよそんな胡散臭い。モルヒネならあるし。……とにかく、私の病気のことは気にしなくていい。リヴィアの仕事は私が死ぬまで護衛をすること。覚悟はできてるとはいえ、しょうもないチンピラに襲われて死ぬなんてのは御免だからね」

「わかりました。ミコト殿があの世に旅立たれるその時まで、某が絶対にお守りいたします」

リヴィアが力強く答えると、ミコトはどこか釈然としない顔で、

「そのテンション感はなんか違くない？　いや、気にしなくていいと言ったのは私だし同情してほしいわけじゃないんだけど、そうあっさり割り切られるとなんかさあ……」

早口でブツブツ言うミコトに、リヴィアは微笑み、

「死はいずれ誰にでも平等に訪れるものです。殊更に恐れる必要などありません」

「綺麗事や慰め……じゃなくて、どうも本気で言ってるっぽいね……」

「もちろんです」

頷くリヴィアにミコトは苦笑を浮かべ、

「……やっぱり君は普通の人とは違うな。まるで修羅場をくぐり抜けてきた本物のサムライみたいだ」

そんなミコトの言葉に、リヴィアは頷き、

「はい。某は正真正銘、由緒正しき武士ですので」

覇気に溢れた表情でそう言ったのだった。

4月30日　22時9分

それから一週間、リヴィアはミコトのボディーガードとして、彼女と共に過ごした。

特別なことは何もなく、部屋で一緒に映画を観たりゲームをしたり、エレキギターの演奏を披露したり、外に美味しいものを食べに行ったり、ミコトを競馬場や競輪場やパチンコ屋に連れて行ったり。

その間、ミコトに恨みを持っている者たちの襲撃は一度もなく、些か拍子抜けするリヴィア。

護衛対象を放ってギャンブルに熱中するわけにもいかないので、競馬も競輪もパチンコもいつものようには楽しめず、馴染みの銭湯にもミコトが他人に裸を見られたくないというので行けていない。

そんなリヴィアの無聊を感じ取ったようで、この夜、ミコトはリヴィアを「今夜はいいところに行こう」と、ある場所に連れてきた。

薄暗い路地にある雑居ビルの地下一階に入っているナイトクラブ。

外には看板も出ておらず、営業しているようには見えない。ビルの他の階にも明かりはなく、まるで廃ビルのようだった。

「ここが、いいところ……なのですか？」

訝るリヴィア。

なるべく動きやすい格好が望ましいということだったので、今のリヴィアの服装はＴシャツにショートパンツ。髪は二週間ほど前に黒く染めたままで、伊達眼鏡をかけている。

「そうだよ」

ミコトは悪戯っぽく頷いた。

服装はいつもどおり身体のシルエットが隠れるゆったりしたもの。毎日変わるウィッグは、金のセミロング。

（どことなく、以前タケオ殿に連れて来てもらった鉄火場とやらと同じような雰囲気を感じますね……）

そう思いながら、リヴィアはミコトと共に地下への階段を降りる。

ちなみにミコトの電動車椅子は、キャタピラによって乗ったまま階段の上り下りができる。

店の入り口の扉の前には黒いスーツ姿の若い男が立っており、ミコトを見ると嬉しそうな顔を浮かべた。

「ミコトさんじゃないっすか！　お久しぶりっす！」

「ああ。変わりはないかい？」

軽い調子で挨拶してきた男に、気さくな調子で返すミコト。

「うぃっす！　異常ナシっす！」

そう言って、男が扉を開ける。

中はビルの外観とはうって変わったきらびやかな内装になっており、なんとなく、リヴィアがごく短時間働いていたセクキャバに似た印象があった。

店内に入っていくミコトに続いてリヴィアも中に入る。

「あっ、ミコトさん！　お疲れ様です！」

カウンターの内側にいた、またも黒いスーツ姿の若者がミコトを見て顔をほころばせた。入り口にいた男やエントランスに何人かいる黒服はいかにもチンピラっぽいが、この男だけは眼鏡が似合う、どこか知的な雰囲気があった。

「お疲れ、ガク」

軽く挨拶を返し、ミコトはカウンターへと進んでいく。

エントランスの奥にはさらに扉があり、その扉の奥から、なにやら歓声のようなものが漏れ聞こえてくる。

「ミコト殿、ここは一体？」

「うちが運営している地下闘技場だよ。前に興味があると言っていただろう？」

「おお！　ここがそうなのですか！」

目を輝かせるリヴィア。

「闘技場ということは、戦う場所なのですよね？」

「基本的には戦いを観戦してどちらが勝つか賭けるんだけど、お客さんの飛び入り参加も随時受け付けてるよ。ルールは武器の使用と目潰し、金的攻撃以外はなんでもアリ。グローブや防具の着用もない完全なステゴロ。一応レフェリーはいるけれど、時間制限なしで基本的にはどちらかがノックアウトかギブアップするまで続行」

「なるほど。ぜひ某も参加したいです。こっちに来てからというもの、すっかり身体がなまってしまって」

そこへガクと呼ばれたカウンターの男が不思議そうに、

「あの、ミコトさん。こちらのかたは？」

「私の新しいボディーガードだよ」

「はあー……すごい綺麗なかたですね」

「ふふ、そうだろう」

何故か少し自慢げにミコトは言い、

「リヴィア、彼は山下岳。この闘技場の仕切りを任せている」

「よろしくお願いします」

ミコトに紹介され、男――山下がリヴィアに挨拶した。

「ちなみに最近の様子はどうなってる？」

「上位のほうはあんま変化なしっすね。元ボクサーの岡庭星河と秋田岳瑠が相変わらずツートップで、その下も格闘技経験者ばっかです」

「うーん、やっぱりそうなるか。たまには番狂わせが起きてくれないと盛り上がらないんだけどなあ」

嘆息するミコトに山下は苦笑し、

「岡庭と秋田のカードはいい試合にはなるんですけど、ただのボクシングなんですよね」

「そうなんだよね。もっと珍しい武術……凄腕の酔拳使いとかカポエラ使いとかが飛び入りで参加してくれないかな」

「あっ、でも一週間くらい前に面白いことがありましたよ」

「ほう？」

「飛び入り参加してきた女が五連勝決めたんです」

「へえ、女の挑戦者ってだけでも珍しいのに。どんな女？」

「俺は直接見てないんですが、仮面つけてチャイナドレスを着てたらしいです」

「なにそれコスプレ？」

ミコトが小さく噴き出し、

「まあいいや。リヴィア、参戦するかどうかはとりあえず試合を観てから決めてほしい」

「わかりました」

ミコトとリヴィアが扉に向かうと、三人の黒服がミコトを警護するようについてきた。

スタッフの黒服が扉を開ける。

扉の中に入ると、眩（まぶ）しいほどの電飾に彩られたフロアの中央に、正方形のリングが設置され、その中で二人の男が戦っていた。

リングの周囲には四十人ほどの観客が集まり、歓声やヤジを飛ばしている。缶ビールや缶チューハイを飲みながら観戦している者も多い。

客層は十代後半から二十代くらいと若く、中には男女のカップルもいるが、基本的にガラの悪そうな者たちばかりだった。

リングの脇にはマイクとゴングの備えられた席が設けられており、一人の黒服が座っているが、特に実況などはしていない。

リヴィアはミコトの周囲に気を配りながら、リングに近づき戦いに目をやる。

(これは——とても戦いと呼ぶに値する代物ではありませんね……)

殴り合い、蹴り合い、取っ組み合う二人の男。

どちらも鼻血を出し、息を切らし、足がふらついている。

身体の動きにはキレがなく、パンチもキックも(リヴィア的には)弱々しい。

(ただの素人の喧嘩ではないですか……)

「ハァ……」

思わず失意のため息をこぼしたリヴィアに、ミコトが微苦笑を浮かべる。

「酷い試合だよね」

「そうですね」

リヴィアが素直に頷くと、

「さっきガクが言ってたように、元ボクサーとか格闘技経験者同士ならそこそこ見れる試合になるんだけどね。参加者の大半はヤンキーとか暴走族上がりの素人だから、大抵こういうぐだぐだの喧嘩にしかならない。『ファイト・クラブ』っていう古い映画を観てノリで始めた事業なんだけど、なかなか映画のようにイカレたファイトはないものだね……」

ミコトはそう言って肩をすくめた。

　そうこうしているうちに、リング上ではついに一方が倒れ、リング脇の席の男がカウントを取る。

『ワン、ツー、スリー、フォー、ファイブ、シックス、セブン、エイト、ナイン、テン！』

　テン、と同時に男が木槌でゴングを鳴らし、

『勝者！　青コーナー、平洋行〜〜〜！』

　そう黒服が宣言した直後、勝ったほうの男も崩れ落ちるように倒れた。

　勝ったほうに賭けていたのであろう客が歓声を上げ、負けたほうに賭けていたらしい観客が敗者に罵声を浴びせる。

『さて平選手、連戦されますか？』

　黒服が訊ねると、かろうじて意識が残っていたらしい平は弱々しく首を振り、完全に動かなくなった。

「ミコト殿、連戦とは？」

「勝った選手は続けて戦うか選べるんだ。連勝すればするほど獲得賞金が上がっていく」

　二人の黒服がリングに上がり、倒れている二人の男を背負ってリングの外へと運んでいく。

『続いての試合は五分後となります。引き続きお楽しみください』

　リング脇の男がアナウンスする。どうやら彼は審判とアナウンスを兼ねているらしい。

　アナウンスのあと、観客たちはこぞってスマホをいじりだした。

「うん？　なぜみんなしてスマホを？」

訝るリヴィアにミコトは、

「次の試合の情報やオッズなんかが専用のアプリに届くようになってるんだ。掛け金の支払いも払い戻しも電子マネー。試合へのエントリーなんかも全部スマホでできる。こうすることでフレキシブルかつスピーディーに運営できるというわけさ」

「はあ……よくわかりませんがすごいですね」

賭けるための木札を現金で購入していた鉄火場と比べて、随分進んでいる印象だった。興行の内容自体は古代の闘技場と大差ないわけだが。

ミコトがスマホを取り出し、

「ふむ……次の試合は今のよりはマシになるんじゃないかな」

「はあ」

そうして始まった次の試合、リングに上がったのは細身だが引き締まった体躯の男と、筋骨隆々とした大男。

『赤コーナー、岡庭星河～～～！　青コーナー、眺野博史～～～！』

二人の男を見たリヴィアは、

「ふむ……あの細身の男はなかなかやりそうですね」

「見ただけでわかるのかい？」

ミコトが少し驚いた顔をする。

「体つきと身のこなし、そして顔つきから、おおよその力量は測れます」

リヴィアの答えにミコトは「すごいね」と微笑み、

「たしかにあの男はここのツートップの一角で、元プロボクサーだ。ちなみに対戦相手のデカいほうについてはどう思う？」

「あっちはただの見かけ倒しでしょう。生まれつきの体格に胡座をかいてきただけのチンピラといったところでしょうか」

リヴィアは即答した。

そしてそんなリヴィアの言葉のとおり――

『勝者！　赤コーナー、岡庭星河～～～！』

試合は一方的な展開となり、岡庭の繰り出す強烈なラッシュに眺野はまったく対応できず、あっという間に沈められてしまった。

「もっと強い奴と戦いたい……」

倒れ伏す眺野に、岡庭が淡々と言った。

『それでは岡庭選手、連戦されますか？』

問われた岡庭は首を横に振り、

「今日は妹の誕生日なんだ……早く帰らないと」

そう言って岡庭はリングから下りた。

続いて、黒服がダウンしている眺野を二人がかりでリング外へ運んでいく。

そして五分後、新たな試合が始まる。

上がってきたのは両腕に刺青を入れた上半身裸の男と、中肉中背のガラの悪そうな男。

刺青の男の腹筋はしっかり割れており、余計な脂肪はまったくついていない。反面、腕は細めでそれほど筋肉質ではない。

対戦相手のほうは全身筋肉という感じで、服の上からもガタイの良さがわかる。

「どう見る？　リヴィア」

「刺青の男の圧勝でしょう」

即答するリヴィアに、ミコトは苦笑する。

「さすが。彼はさっきの岡庭と並ぶここのトップだ」

『赤コーナー、秋田岳瑠～～～！　青コーナー、常原英彰～～～！』

二人の男が睨み合い、開始のゴングが鳴らされる。

しかしリヴィアの予想に反して、試合は意外と長引いた。

何度も何度もパンチを当てる秋田に対し、常原の攻撃はすべて躱されるかガードされている。しかし常原は、苦痛に顔を歪めながらもなかなかダウンしない。

「へえ、あっちもなかなかタフじゃないか」

ミコトの言葉に、リヴィアは顔をしかめ、

「いえ、あの男、手を抜いています」

「というと？」

「あの男は、相手が苦痛を感じる部分を的確に、しかし倒れるまではいかない程度の強さで加減して殴っているのです。悪趣味な……」

「ふふ、それを見抜く君はすごいな」

吐き捨てるリヴィアに、ミコトは愉しげに笑った。

五分以上延々といたぶられ続け、ついに常原が泡を噴いて崩れ落ちる。

テンカウントの末、

『勝者！　赤コーナー、秋田岳瑠～～～！』

「ヒャハハ！　もっと弱い奴と戦いたい！」

秋田が拳を高く掲げ、観客が歓声を上げる。素人目にはそれなりに見応えのある試合だったらしい。

『秋田選手、連戦されますか？』

「当然だぜ！」

『それでは、次の試合は五分後となります。引き続きお楽しみください』

アナウンスの後、秋田がロープにもたれかかって身体を休める。

「うーん、岡庭が帰っちゃったし、しばらく秋田が連勝することになるだろうね。客がみんなあいつに賭けるから運営が儲からないし、ファイトマネーも高くなるし、困ったなー」

どことなく棒読みでミコトがリヴィアをチラチラ見ながら言った。

「ミコト殿、飛び入り参加するにはどうすればいいのですか？」

リヴィアの言葉にミコトは笑って、

「おっ、リヴィアいっちゃう？　じゃあ私がエントリーしてあげよう」

「ありがとうございます。しかしミコト殿の護衛が……」

「さすがに私のホームで襲ってくる奴はいないだろう。一応護衛もついてるしね」

エントランスからついてきた三人の黒服は、試合中もずっとミコトとリヴィアの近くに控えていた。

「わかりました。では某、あの男を成敗してまいります」

「頼んだよ」

ミコトがスマホを操作し、リヴィアをエントリーをする。

『おおっと、ここで飛び入り参加のお知らせです！　挑戦者の名前はリヴィア！　なんと女性だ！』

アナウンスと同時に客のスマホにもその通知が行き、フロア内がざわついた。

眼鏡を外し、スマホと財布をミコトに預け、リヴィアはゆっくりとリングに向かって歩いていく。

リングの上でロープにもたれていた秋田が、近づいてくるリヴィアの姿に気づき驚いた顔を浮かべた。

「え、もしかしてネーチャンが挑戦者？」

「そのとおりです」

頷き、リヴィアは靴を脱いでリングに上がる。

「ヒャー、よく見たらメチャンコエロ可愛いボインちゃんじゃん。怪我させるのもったいねえよ。どうせならリングじゃなくてベッドでヤろうぜ？」

そう言って下卑た笑みを浮かべる秋田に、リヴィアは淡々と、

「お断りします。それと、怪我をするのはあなたのほうです」

すると秋田は頬を引きつらせ、

「生意気な女だなあ。すぐにわからせてやるよ」

睨みつけてくる秋田の視線を平然と受け止め続けること数分、ついに試合開始の時間となった。

『それでは時間となりました！　赤コーナー、連戦の秋田岳瑠〜〜〜！　青コーナー、飛び入りの挑戦者リヴィア〜〜〜！』

試合開始のゴングが鳴ると、

「へへ、実は俺さぁ、生意気な女の顔ぶん殴るの好きなんだよな」

嗜虐的な笑みを浮かべる秋田。

しかし笑いながらも眼光は鋭くリヴィアの動向を窺い、油断なくボクシングの基本姿勢で構えている。腐っても戦いの中に身を置いている者だけのことはあるらしい。

対するリヴィアは自然体で、ゆっくりと秋田へと近づいていく。

「人殴りたくてボクシング始めたっつーのに、プロになったら殴るの禁止とか意味わかんねーこと言われてさあ——」

「いきます」

軽口を叩き続ける秋田に短く宣言するや一瞬で詰め寄り、リヴィアは秋田の顔面に向けて右フックを放つ。

秋田はきっちりそれに対応し、ガードを固めた。

女のパンチなどブロックすれば痛くも痒くもないという判断だろう。

しかし。

「ぐがばっ!?」

リヴィアの拳は、ブロックする秋田の腕を力尽くで押しのけ、その頬に直撃した。

「は、ひゃが……!?」

よろめく秋田に、

「吹っ飛ばされないとは大したものですね」

淡々と言いながら、容赦なく追撃をかけるリヴィア。

腹、頬、脇腹、顔、腹、頬、脇腹――リヴィアの攻撃に対し、よろめきながらも秋田はそのすべてにしっかり反応した。

反応はした――だけだった。

「あっ、がっ、ごげ……」

ガードなど貫通して襲ってくる強烈な衝撃に、あっという間にフラフラになってしまった秋田に、リヴィアはすかさず足払いをかけて転ばせる。

あっさりと床に倒れ伏した秋田の背中を、骨が折れない程度に加減して踏みつけ、秋田の口から苦悶の呻きが漏れた。

「ごがぁっ！」

ちなみに現在、リヴィアは身体能力強化の魔術を使っていない。

素の肉体スペックだけなら恐らく秋田のほうが上だろうが、リヴィアは己の肉体を１００％活用する技量を持っていた。

（鉄火場で襲ってきた用心棒の男たちより少しは上、といった程度でしたね）

あっという間の出来事に、観客たちは呆然としフロア内が静まりかえる。審判の黒服までもがぽかんとしていたので、

「あの、数えてほしいのですが」

リヴィアが指摘すると、黒服が慌ててカウントを開始する。

秋田が立ち上がることはなかった。

『しょ、勝者、青コーナー、リヴィア〜〜〜！』

上擦った声でアナウンスされると、観客たちが大きな歓声を上げた。

ほとんどの者が秋田のほうに賭けていたのだが、リヴィアの圧倒的な力は金銭的な損失をかき消すほどに観衆を魅了した。

ふとミコトのほうを見ると、まるで無邪気な子供のような笑顔を浮かべて勢いよく手を叩いていた。そんなミコトにリヴィアは軽く手を振る。

『それではリヴィア選手、連戦しますか!?』

「ふむ……」

できればもっと戦いたいところだが、ミコトの護衛もある。迷ったリヴィアがミコトに視線を送ると、

「好きなだけ暴れるといい！　君の力をもっともっと見せつけてやれ！」

興奮気味に叫んだミコトに、リヴィアはフッと笑みを返し、

「では連戦を希望します」

アナウンサーに伝え、リヴィアはリングロープにもたれかかった。

黒服たちが倒れた秋田をリングの外へ運んでいくのを眺めながら、

（あの男がこの闘技場で一番の実力者だったのですよね……。強者との戦いは望めそうにありませんか……）

残念だが、それでも軽い運動程度にはなる。

何回か勝って賞金をいくらか稼ぎ、そのお金でたまには自分がミコトに美味しいものでもご馳走してあげよう。

そんなふうに気楽に考えながら試合開始の時間を待っていると、

『おおっと！　ここでまたも飛び入りの挑戦者！　しかもまた女性だ！　彼女の名は黒猫！　実は以前にも飛び入りで五連勝を果たした強者です！　飛び入り同士、しかも両方女性という異色のカード！　果たしてどうなってしまうのか⁉』

「ほう？」

アナウンスの内容に興味を惹かれ、リヴィアはフロア内に視線を巡らせる。

すると一人の女がリングへと近づいてくるのが見えた。

黒いチャイナドレスを纏った短い黒髪の女で、顔には猫を模した黒い仮面を付けている。彼女が黒猫で間違いないだろう。

目と口以外は仮面で隠れているので顔はわからないが、すらりとした美脚に、余計な筋肉も脂肪もついていない均整の取れた身体つきから、なんとなく美人なのだろうと思わせる。

リング外に群がっている観衆の間を、まるですり抜けるかのように自然な足運びでするする歩いてくる黒猫。

口元には柔和(にゅうわ)な笑みが浮かび、眼差(まなざ)しも穏やか。

戦いに身を置く者には見えないが、得体の知れない何かを感じる。

実力を測りかね、警戒を強めるリヴィアの前で、

「よっこらしょっと」

軽い調子で言いながら、黒猫がリングに上がってきた。

「いやーすごいねお姉さん。さっきの人けっこう強そうだったのに」

「はい。それなりに強かったですよ」

リヴィアが言葉を返すと、

「前回は戦えなかったから、今日はあの人とやるために来たんだけど、おかげでもっと面白そうな人に会えてよかったよ」

「ご期待に添えるよう頑張ります」

「ちなみに流派とか聞いていい？」

「かなり我流が混じっていますが、基本はオフィム帝国軍式格闘術です」

「おふぃ……？　聞いたことないなー」

リヴィアの答えに黒猫は小首を傾(かし)げ、

「まいっか。知らないスタイルと戦えるのも地下の醍醐味だし」

好戦的なことを言いながらも、彼女の声はどこまでも穏やかで、それがかえって不気味さを感じさせた。

そして試合開始の時間が訪れる。

『赤コーナー、連戦のリヴィア〜〜〜！　青コーナー、飛び入りの挑戦者、黒猫〜〜〜！』

ゴングが鳴ると同時に、二人はゆっくりと距離を詰めていく。

どちらも構えはとっておらず、リング上でなかったら散歩でもしているように見えるような自然体であった。

二人の距離が徐々に縮まり――

「ッ⁉」

突如猛烈に嫌な予感を覚え、リヴィアは咄嗟に後方へ跳んだ。

その一瞬後、リヴィアの首があった空間を黒猫の貫手が刺す。

殺気も敵意も闘気も一切感じさせず、獲物に跳びかかる蛇の如く、リヴィアの喉笛に向けて死角から放たれた神速の貫手。

相手を警戒していたのでかろうじて躱せたが、道ばたですれ違いざまにこれをやられたら、リヴィアですら重傷を負っていたかもしれない。

こっちの世界に来てから人間の動きに驚いたのは、かつてセクキャバで中年の男に、いきなり胸の谷間に三万円をねじ込まれたとき以来だった。

「うそー、これ躱すかー」

黒猫が意外そうな声を漏らした。

今の一撃だけで、彼女が凄まじい使い手であることはよくわかった。

戦いに身を置く者であることは間違いない。しかし、リヴィアのように正面切っての戦闘を行う武人ではない。

（殺気を隠し、相手に察知されることなく必殺の一撃を放つ――これは忍び……暗殺者の流儀ですね）

相手のスタイルがわかれば対処は可能だ。

暗殺者と戦うのは初めてではない。

側室の子でありながら帝室きっての天才と謳われていたサラは、それを快く思わない他のきょうだいたちから命を狙われてきた。

暗殺者を送り込まれたこともあり、それを撃退し続けてきたのがリヴィアである。

入浴中に襲撃され、全裸で刀もなく今のように徒手空拳で戦ったこともある。

あちらの世界の暗殺者と違って魔術を使ってくる可能性がない以上、リヴィアが黒猫に後れを取ることなどありえない。

「次は某の番です！」

急速に冷静さを取り戻したリヴィアが、黒猫に反撃の拳を放つ。もちろん肉体強化の術など使わず、フェアにいく。

「こわっ！」

先ほどの秋田との試合を見て威力を知っているためか、防御ではなく回避を選ぶ黒猫。

常人が躱そうと思って躱せるような速さではないのだが、黒猫は驚異的な反射神経と身のこなしで、それを躱してみせた。

「やりますね！」

立て続けに拳を放つリヴィア。

黒猫はリヴィアのラッシュをすべて紙一重で回避しつつ、折を見ては貫手で反撃を試みるも、リヴィアのほうも黒猫の攻撃を紙一重で躱しながら攻撃の手を緩めない。

パンチだけでなくキックや掌底も織り交ぜるリヴィアに対し、黒猫も手刀、裏拳、肘鉄、蹴りと攻撃のバリエーションを増やしていく。

総合格闘技の一流選手同士の試合すら凌ぐ異次元の攻防に、会場は大いに沸き立ち、観客もアナウンサーもスタッフの黒服たちも、ミコトも、ミコトを護衛している黒服たちも、皆リヴィアと黒猫の戦いに魅入っていた。

しかしそんな中。

突如としてリヴィアは、自ら使用を禁じた肉体強化の術を発動。

攻撃の手を止め黒猫から大きく距離を取り――そのままリングの外に向かって、通常の人類には不可能な高さまで跳躍。

「はいい!?」

黒猫が素っ頓狂な声を上げる。

試合を放棄して十メートル以上も跳躍したリヴィアが着地したのは、ミコトの後方――今まさに、ナイフを持ってミコトに近づこうとしていた男の眼前であった。

「たあっ！」

裂帛の気合とともにリヴィアが男の手を蹴り上げ、男がナイフを取り落とす。

「ぎゃっ!?」

男の関節を極めて拘束しつつ、他にもミコトを狙う者がいないか、素早く周囲を警戒するリヴィア。

他におかしな動きをしている者は見つからず、「ふう」と軽く息を吐く。

「助かったよ、リヴィア」

車椅子をリヴィアのほうに向け、ミコトが微笑んだ。その頬は少し紅潮している。

「いえ、これが某の仕事ですから」

ミコトが黒服の一人に目線を送り、黒服がリヴィアに代わって男を拘束する。派手な格好をした若い男で、客のフリをしてミコトを襲うチャンスを窺っていたのだろう。

「もしかして、試合中もずっと私に気を配ってたの？」

「もちろんです」

　こともなげに頷（うなず）いたリヴィアに、ミコトは感嘆の吐息（といき）を漏（も）らし、それを聞いた周囲の黒服や観客たちも「マジかよ!?」「あんなすげえ戦いしながら……!?」などと口々に驚愕（きょうがく）の声を上げた。

　ざわめきが少し収まったところで、リヴィアはリング上でこちらを見ている黒猫（くろねこ）に向かって叫ぶ。

「黒猫殿、試合は某（それがし）の負けです！　半端な形になってしまい申し訳ありません！」

　それを聞いた黒猫は呆（あき）れたように小さく笑い、

「ったく、とんでもない人がいたもんだね」

「ちなみに一応お訊（たず）ねしますが、黒猫殿はこの男の仲間ではないですか？」

　黒猫が人々を惹（ひ）き付けている隙（すき）に仲間がミコトを狙った……一応その可能性を考えて訊ねると、黒猫は肩をすくめ、

「そんなわけないじゃん」

「ですよね」

　素直に信じるリヴィア。ミコトを狙うなら、どう考えても黒猫が直接やったほうが遥（はる）かに確実だろう。

『え、えええと、リヴィア選手のリングアウトにより、青コーナー、黒猫選手の勝利です』

戸惑い気味のアナウンスが流れ、続いて黒猫に、連戦するかどうかを問う。

「しなーい」

黒猫はそう言って首を振り、さっさとリングから下りていった。

「リヴィア、私たちも今日はもう帰ろうか」

「そうですね。他にも刺客が潜んでいるかもしれませんし」

ミコトの言葉にリヴィアが頷く。

「あとの始末は君たちに任せる」

「うぃっす！」

ミコトが男を拘束している黒服に指示を出し、リヴィアとミコトは地下闘技場をあとにしたのだった——。

5月1日　0時2分

日付が変わって間もなくのこと。

『CLOSED』というプレートのかかったカラオケ喫茶『らいてう』の入り口の前に、一人の女が現れた。

　この店で何年もアルバイトとして働いている大学生……という設定の、正体不明の美女、黄鈴麗である。

　服装はチャイナドレスではなく、普通のスカートにブラウス。手には大きめのバッグを持っている。

　鈴麗が扉を開けて店内に入ると、薄明かりのついたキッチンにマスターの吉良一滋が立っていた。

「お帰り」

「ただいまー。マスター、まだ残ってたんですか?」

「ああ。明日の仕込みをしていてね」

　鈴麗はバッグをテーブルの上に置き、カウンターチェアに腰掛けると、

「ちょうどよかった。なんかカクテル作ってくださいよ。強めのやつ」

「嫌だよ。面倒くさい」

　にべもなく断る吉良に、鈴麗は甘えるような口ぶりで、

「お願いしますよー。お酒でも入れないと今夜は興奮して眠れそうにないんですー」

「なにかあったのかい?」

　吉良に訊ねられ、鈴麗は小さくため息を吐き、

「……半グレがやってる地下闘技場でなんかすごいのと仕合いました」

吉良の眉がぴくりと動く。

「ほう。まさか、負けたのかい？」

鈴麗は小さく首を振り、

「一応勝つには勝ったんですけど、あっちがトラブルで試合放棄しただけです。戦ってる間も全力じゃなかったし、他にも手の内隠してた感じですねー」

「ふむ……この街にお前を超える使い手がいるとはね」

興味深そうに言う吉良に、鈴麗は苦笑を浮かべ、

「武器アリなら負けないいんですけどねー。あたしもまだまだ功夫(クンフー)が足りませんわー。明日からまた稽古つけてください、師父(マスター)」

吉良は肩をすくめ、

「……一杯だけ作ってあげよう。その間に片付けてきなさい」

「はーい」

バッグから黒いチャイナドレスと黒猫(くろねこ)の仮面を取り出し、鈴麗は店の奥にあるコスプレ衣装部屋へと向かうのだった。

5月1日　0時4分

地下闘技場を出て、リヴィアとミコトはマンションに戻ってきた。

「今日は疲れただろう。お風呂、先に入っていいよ」

そう言うミコトにリヴィアは真剣な顔で、

「ミコト殿。三十分……いえ、十五分ほどでいいので外に行ってもかまいませんか？」

このマンションのセキュリティは万全なので、さすがに部屋にいればミコトが襲われることはないだろう。

「もちろんいいけど、コンビニでも行くの？」

「いえ……少し外を走りたいのです」

「はあ？　なんで？」

不思議そうに訊ねるミコトに、リヴィアは少し顔を赤くして、

「それはその……すごく久しぶりに緊張感のある戦いをしたため、少々、その……」

「その？」

「今、某はかなり……昂ってしまっておりまして。走って発散してきたいのです」

リヴィアの言葉を聞いたミコトは少し考え、

「ええと、要するに、エッチな気分になっちゃってるってこと？」

恥じらいを覚えつつ、リヴィアはこくりと頷（うなず）く。

「そ、そうなんだ……」

ミコトは少しばつが悪そうな顔を浮かべたのち、おずおずと、

「ちなみに君は、女同士でもアリな人？」

「アリ、とは？」

「リヴィアのすごい戦いを観て、あんな風にかっこよく助けてもらって……実は私も今かなり、ムラムラしてるんだ」

恥ずかしそうに言ったミコトに、リヴィアはゴクリと唾（つば）を飲み込む。

「それはつまり……衆道（しゅどう）のお誘いということですか？」

「衆道ってたしか戦国武将とかの男色のことだっけ。女同士の場合でも衆道って言うの？

……でもまあ、そういうことだよ」

衆道とは中世の日本で生まれた文化で、身分や立場の差がある男性同士の性行為のことである。

『道』という字が示すように、肉体だけでなく精神的な繋（つな）がりも重視され、主従や師弟の絆（きずな）の深さや忠誠心を確認するための行為でもあった。

織田信長（おだのぶなが）、徳川家康（とくがわいえやす）、武田信玄（たけだしんげん）、伊達政宗（だてまさむね）など、名だたる戦国武将たちも寵愛（ちょうあい）する家臣と衆道関係を結んでいたことで知られ、美少年に宛てたラブレターや浮気の釈明をする手紙など

も残っているやめてあげて。

江戸時代になると、都市部の人口比率が圧倒的に男性多数だったことで武士だけでなく町人の間でも衆道が流行し、『道』とは名ばかりに、あまりにもカジュアルに男色に耽る者が続出して風紀が乱れたため、禁止令が出されたほどであった。

こちらの世界の衆道は寺や戦場など極端に女性が少ない環境で発生したものであったが、リヴィアがいた並行世界においては、魔術の存在により戦闘能力の男女格差がなく、女性の軍人も大勢いた。

しかし軍中で風紀が乱れるのを防ぐため、基本的に部隊編制は男女別であり、戦場での精神安定や性欲解消のため必然的に女性軍人の間でも同性で交わるのが流行。これも衆道と一緒くたに呼ばれるようになった。

あちらの世界では衆道は廃れることなく貴族の嗜みとして残り続け、特にリヴィアの生まれたウーディス家の分家筋は、開祖ナリトシ・ド・ウーディス（森蘭丸）が初代皇帝ノブナガ・ダ・オディンの衆道の相手を務めたことを誇りとしており、皇族の衆道の相手は代々リヴィアの一族から選ばれるのが慣わしであった（伝説的美少年と謳われた蘭丸の家系の美形率が高かったというのも理由である）。

リヴィアもまた家法として、十五歳で元服を迎えた日に師範から衆道の手ほどきを受けている。

帝国が反乱によって滅ぼされていなければ、サラが元服したあかつきには、リヴィアがサラの衆道の相手を務めることになっていたであろう。

長々と解説したが要するに、リヴィアは女同士アリな人……というか、女同士こそウェルカムな人である。

「ぜひともお願いします」

ミコトの目を真っ直ぐに見つめ、リヴィアは興奮気味に答えた。

「そ、そこまで張り切られると恥ずかしいな……」

ミコトは頰を赤らめて目を逸らし、

「ええと、じゃあさっそく、行こうか」

「はい」

二人して寝室へと向かうリヴィアとミコト。

仕事部屋と寝室には入るなと言われていたので、リヴィアがミコトの寝室に入るのはこれが初めてのことだった。

部屋の奥にクイーンサイズの電動リクライニングベッドがあり、壁には手すりが取り付けられている。

ベッドの左側にはサイドテーブルに小型の冷蔵庫が置かれ、右側にはバイタルサインを測るための装置がある。

　室内には他に、洗面台とテレビ、アンティーク調のキャビネット、ソファとローテーブルもあり、病院の高級病室をそのまま再現したような部屋になっていた。

　ベッドに腰掛け、ステッキをサイドテーブルに立てかけるミコト。

　リヴィアはミコトの横に座り、

「それでは——始めさせていただきます」

　ミコトが小さく噴き出す。

「まるで高い寿司屋とかレストランでコースが出てくるときの台詞だね。私はこれからどう料理されちゃうのかな？」

「ご希望があれば伺いますが」

「うーん、じゃあお任せコースで」

　苦笑するミコトの肩を抱き、そのまま彼女の身体をゆっくりベッドに横たえる。

「な、なんかすごく手慣れてない？」

　戸惑いを浮かべるミコトに、リヴィアは得意げな顔で、

「こう見えて某、衆道の師範や賊の討伐部隊で一緒になった仲間から、『百年に一人の衆道の天才』『森蘭丸公の再来』『女を悦ばせるために生まれてきたようなドスケベ』などと称されておりましたので」

「それは褒め言葉なのかな？　ともあれ君が実はとんでもなくエロいということはよくわかっ

た」

　ミコトが顔を引きつらせる。

「と、とりあえずアレクサ、電気消して」

　ミコトがスマートスピーカーに指示すると、部屋の明かりが消えて真っ暗になった。

「明かりを消してしまわれるのですか？」

「だって裸見られるの恥ずかしいし」

「なるほど……しかし某、実は夜目が利きます」

「え!?」

　驚くミコトにリヴィアは淡々と、

「今もミコト殿の驚いている顔がはっきり見えています」

「ええー……それじゃあ私だけ一方的に見られるってこと？　そんなの駄目。アレクサ、電気つけて！」

　部屋の照明が再びついた。

　夜目が利くのは本当なのだが、当然明るいほうが見やすいのでありがたい。

「では改めまして――」

　リヴィアはミコトの唇を奪い、そのまま舌を絡める。

　数分にもおよぶねっとりしたキスの後、蕩けたような顔をしているミコトの服を脱がせる。

骨が浮き出た、抱きしめたら折れてしまいそうなほど細く白い身体に、無数の手術痕。ミコトの凄絶な人生そのものを表すかのような裸身を、リヴィアは美しいと思った。

「あ、あんまり見ないで」

「綺麗ですよ、ミコト殿」

恥じらうミコトに本心からそう言って、リヴィアは手早く自分の服を脱ぐ。

ミコトはリヴィアの裸をまじまじと見つめ、

「想像はしてたけど……君こそ本当に綺麗だね……」

リヴィアは微笑み、

「今宵、某はミコト殿のもの。ミコト殿は某のものです」

「あ、あんまり激しくしないでよ？　病人なんだから」

「わかりました。優しくします」

リヴィアがそう言うと、ミコトは少し顔をしかめ、

「いや待った。手を抜かれるというのも不本意だ。私に手加減されてると思われない程度に激しく、しかし絶妙に気を遣ってほしい」

「難しい注文ですね……」

顔を赤くして早口で言うミコトに、リヴィアは苦笑を浮かべ、

「可愛いですよ、ミコト殿」

耳元で囁き、再びミコトの唇を奪う。

続いて首筋、胸、腹部と徐々に下へと口づけする位置を変えていくと、そのたびにミコトの口から甘やかな喘ぎが漏れた。

こうして二人はめちゃくちゃセックスしたのだった。

CHARACTERS
SALAD BOWL
OF
ECCENTRICS
リヴィア
NAME
ジョブ:ボディーガード
地下格闘家NEW 半グレのカキタレNEW
アライメント:中立/混沌NEW
STATUS
体力:100
筋力:100
知力: 24
精神力: 82
魔力: 19
敏捷性:100
器用さ: 76
魅力: 99NEW
運: 25
コミュ力: 41

CHARACTERS

SALAD BOWL
OF
ECCENTRICS

黄鈴麗
NAME

ジョブ：喫茶店アルバイト
アライメント：中立／混沌

STATUS

体力：	93
筋力：	81
知力：	68
精神力：	78
魔力：	0
敏捷性：	99
器用さ：	92
魅力：	84
運：	75
コミュ力：	83

CHARACTERS

SALAD BOWL
OF
ECCENTRICS

吉良一滋 NAME

ジョブ:マスター
アライメント:善/秩序

STATUS

体力:	65
筋力:	73
知力:	87
精神力:	92
魔力:	0
敏捷性:	87
器用さ:	91
魅力:	52
運:	60
コミュ力:	85

おもしれーやつコンテスト

5月28日　14時36分

五月下旬、市立沢良(さわら)中学校一年三組の教室では、六月末に行われる演劇祭の役割決めが行われていた。

演劇祭とは沢良中学校の伝統的な行事で、各クラスが体育館で演劇を発表する。

発表はまず学年ごとに行われ、各学年で最も優れていたクラスは最終日、全校生徒の前で再び披露(ひろう)することになる。

演目は上演時間が三十分から一時間の範囲であれば自由で、シェイクスピアなどの定番モノから御伽話(おとぎばなし)、映画やドラマやアニメを演劇化したもの、学生演劇用に書かれた脚本、教師や生徒によるオリジナル作品まで、例年幅広い作品が上演されてきた。

一年三組の演目のタイトルは、『飛騨(ひだ)に不時着』。

演劇部所属で将来は脚本家志望の伊東駿太朗(いとうしゅんたろう)によるオリジナル脚本で、タイトルのとおり人気ドラマ『愛の不時着』のパロディである。

ネタ元の『愛の不時着』は、韓国の美人女社長がパラグライダーで飛んでいる最中に竜巻に巻き込まれ、北朝鮮に不時着してしまったところを北朝鮮軍のハイパーイケメン兵士に助けられ、共に困難を乗り越えながらやがて恋に落ちるという王道のラブストーリーなのだが、韓国と北朝鮮という『現代の現実世界で／パラグライダーで国境を越えられるほど物理的距離が近く／使用されている言語が同じで／生活水準に著しく差があり／政治体制の異なる／敵対国同士』という舞台の特殊性が作品の面白さに大きく寄与しているため、他の国でリメイクすることは困難だとされている。

しかし実は現代日本にもなんと、この物語を違和感なく翻案できる舞台が存在するのだ。それが岐阜県南部・美濃（みの）地方と、岐阜県北部・飛騨地方である。

同じ岐阜県にありながら、美濃の民は飛騨を「映画館もない山奥のド田舎」と見下し、飛騨の民は美濃を「永遠に織田信長（おだのぶなが）をこすり続けるしかない名古屋の植民地」と馬鹿にし、両国は長年に亘（わた）って水面下で争いを繰り広げてきた。

『飛騨に不時着』では、そんな美濃と飛騨を舞台に、美濃国の首都に住むカリスマ的敏腕美人社長と、飛騨軍国境警備隊の兵士でありながら実は族長の息子で名古屋に留学した経験も持つスマートなイケメンのラブストーリーが繰り広げられる。

まずは二人の主人公役を決めることになり、カリスマ美人社長・沢城芹香（さわしろせりか）役は満場一致で草薙沙羅（くさなぎさら）に決まった。

沙羅が立候補したわけではなく、家臣の安永弥生（やすながやよい）の推薦によるものだが、クラス全員が賛成し沙羅もまんざらではなかったのですぐに決定となった。

問題はもう一人の主人公、飛騨に不時着してしまった芹香を助けやがて恋に落ちる、飛騨軍のイケメン兵士・日野純作役のほうである。

お芝居とはいえ沙羅と恋仲になれるとあって、大勢の生徒が立候補した。

そしてクラス内投票の結果、最後まで候補として残ったのが、一年三組イケメン四天王と讃えられし五人のイケメンたちである。

一年生にして早くもサッカー部のエース候補、俊足王子こと坂寄峻太。

中学生にして四書五経を諳んじる博覧強記、波多江哲治。

学校に給食食いに来ている食いしん坊大王、近江田優斉。

父はホストで母はキャバ嬢、水商売のサラブレッドにしてクラス一のナンパ師、西川優平。

特に秀でた点はないが顔だけは抜群にいい五人目の四天王、川邊日々輝。

いずれも粒ぞろいのイケメンだが、皆一長一短ありなかなか決まらなかった。

「こうなったら沙羅様に決めていただきましょう」

司会進行をしている学級委員の弥生が言うと、沙羅は面倒くさそうに、

「えー？　妾はべつに誰でもかまわんのじゃが。ジャンケンでよくない？」

「ジャンケンでは遺恨が残る可能性があります。沙羅様自身に相手役を選んでいただくのが宜しいかと」

「ほむ、一理ある。じゃが妾レベルで見れば中学生の容姿なんぞドングリの背比べに過ぎん。容姿以外でアピールしてほしいのじゃ」

沙羅が言うと、黒板の前で並んでいたイケメン四天王が我先にとアピールを始めた。

「ハイ！　俺は足が速くてサッカーが得意です！」

「それ演劇となんか関係ある？」

坂寄のアピールを一蹴（いっしゅう）する沙羅。

「僕は四書五経を諳（そら）んじています。記憶力には自信があります」

「なにゆえこの時代に四書五経を暗記しようと思ったのかよくわからんが、実は妾も四書五経なら諳んじておるのでポイント低いのう。じゃがまあ、台詞（せりふ）を覚えるのに記憶力が良いに越したことはなかろ」

一応は褒（ほ）められた波多江が小さくガッツポーズをする。

「オレは学校に給食を食いに来てるだけだ！　演劇祭とかどうでもいい！　給食さえ食えればいい！」

「そなたはなんで立候補したんじゃ。思考回路がわからんすぎて怖いわ」

沙羅は近江田に呆（あき）れの視線を向けた。

「ボクは沙羅チャン😘ともっと仲良くなりたいナ😉　二人で演劇祭🏆優勝🏆してそのままビッグカップル💑誕生🎂しちゃわない⁉😎　ナンチャッテ😚」

「見える、見えるぞよ……言葉の端々からおじさん構文が見える！　いかにして中学生がおじさん構文を身につけるに至ったのか、そなたの歩んできた人生が少し気になるんじゃが今はどうでもいい」

驚愕しつつも素っ気なく言い放つ沙羅。

「僕はこれといって特技はありませんが、もしも主役になれたら一生懸命頑張りたいと思います」

「うむ、誠実なのは良いことじゃが、妾と共演したいのであればもうちょっとガッツを見せて欲しい」

川邊の真面目アピールは沙羅にはあまり響かなかった。

「むーん、やはり決め手に欠けるのう」

五人のアピールを聞いた沙羅は少し考え、

「妾が他人に対して最も重視するもの……それはズバリ面白さじゃ。というわけでなんか面白いことやって。芝居に必要なアドリブ力も試せるじゃろ」

無茶振りする沙羅に対し、弥生が慌てて、

「沙羅様、それは普通の男子中学生にはハードル高いです！　男子中学生なんて全員、飲食店で醤油差しを舐めるのが面白いと思ってるんですから！」

「全員はさすがに言い過ぎちゃう？」

沙羅は弥生にツッコミを返しつつ、

「ふむ……そうじゃな、では妾がお題を出すゆえ、それに答えるというのはどうじゃ？　いわゆる大喜利形式じゃな」

「やります！」

「僕もかまいません」

「オレは給食さえ食えればいい！」

「いいヨー😉　デモあんまり難しいお題はシーキビ😱カモ(^^;)」

「頑張ります」

沙羅の言葉に、イケメン四天王たちが口々に答えた。

「うむ。では最初のお題じゃ。鳴かぬならホニャララほととぎす。このホニャララに入れる言葉でなんかボケてみせよ」

沙羅の出したお題は、戦国時代を終わらせた三人の武将の性格を表現した俳句である。

織田信長(おだのぶなが)「鳴かぬなら　殺してしまえ　ほととぎす」

豊臣秀吉(とよとみひでよし)「鳴かぬなら　鳴かせてみせよう　ほととぎす」

徳川家康(とくがわいえやす)「鳴かぬなら　鳴くまで待とう　ほととぎす」

本人が詠んだ句ではなく後世の創作だが、世間一般における三英傑のイメージどおりということで知名度は非常に高い。

「ハイ！」

真っ先に手を挙げたのは、またも俊足王子の坂寄峻太であった。

「鳴かぬなら　サッカーしようぜ　ほととぎす！」

「意味不明である。文脈という概念を考えよ。15点」

酷評する沙羅に、何故か坂寄は喜色を浮かべ、

「15点も!?　サッカーならハットトリック五回分だぜ！」

「……その反応はちょっと面白いの。オマケして20点」

微妙に評価を上げる沙羅だった。

続いて波多江哲治の発表。

「鳴かぬなら　笑顔を見せて　ほととぎす」

「なんか普通にいい感じなんじゃけどしゃらくさいわ。博覧強記という自分のキャラをもっと生かしたネタで勝負して欲しかった。26点」

沙羅のコメントに、波多江は羞恥に顔を赤らめた。

「鳴かぬなら　そのまま食べる　ほととぎす」

「信長様以上のサイコパス俳句どうも。5点。妾はそなたがほんとに怖くなってきた」

近江田の回答に対し、沙羅は真顔で言った。

続きホスト西川の俳句。

「鳴かぬなら😭　もうガマン😣しなくていいんだヨ（*^o^*）って後ろから優しく抱きしめてあげる🤗　🕊ほととぎす🕊」

「やだキュンときちゃう。背後におじさん構文さえ見えなければのう３３点」

最後は五人目の四天王川邊日々輝（かわべひびき）だ。

「な、泣いてないなら……………よかった」

そう言って川邊は瞳を潤ませて微笑（ほほえ）んだ。

「ハイよかったね。妾は優しさだけが取（と）り柄（え）の鈍感主人公に惚（ほ）れるハーレムラノベのヒロインではないのでそういうの通用しません２点」

手厳しい評価にしゅんとする川邊。

「それでは二つ目のお題じゃ。もしも妾と恋仲になったらしたいこと！」

「ハイ！　サッカー！」

即答した坂寄に沙羅はジト目を向け、

「そなたは本当にブレんのう。ボケろや」

沙羅の指摘に対して坂寄は少し考え、

「サッカー……観戦」

「それでちょっとでも捻（ひね）ったつもりかや？」

「だって俺には、俺にはサッカーしかないから！」

熱く主張する坂寄にサラは肩をすくめ、

「大空翼くんが『今度はぱちんこが友達だ!』とか言い出す時代じゃぞ。もっと柔軟に行こう。はい次の人」

続く波多江はもじもじしながら、

「ぼ、僕が沙羅様と恋人になったら……制服デートがしたいです」

「正直か! だからボケろと言うに。制服デートでなにをしたいのじゃ」

「ええと、手をつないで帰ったり、一緒にクレープを食べたり、ゲームセンターに行ったり、喫茶店でテスト勉強をしたり、とかです」

「普通か! さてはそなた、四書五経を暗記しておるだけでべつに頭良くないな?」

沙羅の指摘に、波多江は顔を赤らめた。

続いてサイコパス近江田が答える。

「オレは付き合うとか興味ない。美味い飯を食っていい女を抱く。それがオレの人生」

「価値観が完全に蛮族のそれなんじゃよ……。うーん、そなたは生まれてくる時代か登場する作品を間違えとる感があるのう。ヴィンランドサガか北斗の拳の世界にでも転生するがよいワンチャン活躍できるじゃろ」

ドン引きしながら言う沙羅であった。

「もしもボクが🌸沙羅チャン🌸と恋人👫になったら毎日LINEしちゃうヨ(*^_^*) 返事は

すぐ返してほしいナ😂　既読スルー😱されたら凹んじゃうカモ😫　けっこう束縛強いトコあるから(^^;)他の男♂の話はしないでほしいカナ😘」

「そなたのトリセツなんぞ知らんカナ😑」

　面倒くさいことを言い出したホスト西川を一蹴する沙羅。

　最後は普通イケメン川邊だ。

「も、もしも僕が沙羅様と付き合うことになったら……大切にしたいです」

「したいことを訊かれて大切にしたいと申すか。多分なにも考えておらんのじゃろうが、偶然にもトンチが効いた返しになっておる５３点」

　意外と高評価を与える沙羅。

　五人全員が発表したので沙羅が次のお題を考えていると、

「沙羅様！　私が沙羅様と恋人になったら、朝から晩まで四六時中一緒にいて教えを乞いたいです！」

　力強くそう言ったのは安永弥生だった。

「待てい。なんで司会のそなたまで参戦してくるんじゃ」

「だって、沙羅様の貴重なお時間をそのへんの男子に奪われるなんて想像するだけで耐えられません！　そうなるくらいならいっそ私が付き合います！」

「うーん、気持ちが重い」

弥生の参戦を皮切りに、他の生徒たちまで口々に、沙羅と恋人になったらしたいことを発表し始める。

「カラオケで私のためだけに歌っていただきたいです！」

「それくらいなら恋人でなくてもやってやるわい」

「一緒に映画を観たいです！」

「コナンくんか怪獣映画じゃったらいつでも付き合ってやるぞよ」

「金華山に登りたいです！」

「ロープウェイなら可。徒歩コースは嫌」

「ご両親に挨拶！」

「気が早いわ」

「水槽に入れて鑑賞したい！」

「え、妾を……？　サイコパスか！」

「首輪を付けて飼いたいです――白い犬を、大きな庭のある家で」

「サイコパス二連発じゃと!?　と思ったら違ってよかったが首輪のくだり要る？」

「スマホにエッチな自撮り写真を送ってほしいです」

「欲望に素直！　よくそれ本人の前で口に出せたのう死刑」

沙羅はげんなりした顔を浮かべ、

「一人で全部ツッコむのは疲れるわい……。やはり妾はツッコミよりボケに回るほうが好きじゃな。よし、妾は決めたぞよ！」

沙羅はすっくと立ち上がり、

「妾と共に主役を演じるのはそなたじゃ。涼子ちゃん」

近くの席のヤンキー少女の名前を呼ぶ。

しかし涼子──沼田涼子は机に突っ伏したまま無反応だった。

「おーい涼子ちゃーん？」

「……」

この会議が始まった直後から、彼女は興味なさそうにこうしており、どうやら本当に寝ているようだ。

「むう……妾が大変なときに寝ておるとはけしからん」

沙羅は少し考え、寝ている涼子の席に近づくと、無造作に彼女の耳を甘噛みした。

「はむ」

「ひゃんっ!?」

可愛い悲鳴を上げ、びくんと飛び起きる涼子。

「目は覚めたかや？」

沙羅が言うと涼子は耳に手を当てながら顔を真っ赤にして、

「テメーいきなりなにしやがる草薙！」

「大事な話し合いの最中に寝る涼子ちゃんが悪い。ところで、そなたを劇の主役にすることが決まったぞよ。飛騨のイケメン役じゃ」

「ハァ？　なんでうちがそんなこと……」

顔をしかめる涼子。

「実は脚本を読んだときから、飛騨イケメンの役は涼子ちゃんが適任と思っておったのじゃ。どうじゃろ伊東よ。イケメン役が女子では問題あるかや？」

沙羅が脚本を書いた伊東駿太朗に訊ねると、

「も、もちろん何も問題もないっていうかむしろ僕的には大歓迎です！」

実は伊東、百合オタだった。

クラスメートの女子たちも頷き、

「たしかに沼田さんならぴったりかも。飛騨出身だし」

「飛騨愛もすごいしね」

「てゆうか正直、うちのクラスで一番のイケメンって沼田さんだよね」

「それな！」

「沼田さんなら、まあ……沙羅様の相手でも許してあげてもいいかな」

弥生が少し悔しげに言った。

「ほれ、皆も賛同しておるようじゃし、涼子ちゃんで決まりじゃな」

断言する沙羅に涼子は抵抗し、

「だから勝手に決めるなっての！　うち演技なんてやったことねえし」

「妾も舞台に出るなど初めてじゃ」

「草薙はいっつも変なキャラの演技してるようなもんだろうが」

「妾のこれは演技ではなく素じゃわい。演技とはこういうのじゃ」

頑なに拒否する涼子に、沙羅は両手を顔の前で組み、唇をアヒル口にして上目遣いで甘えるように、

「おねがぁ～い、涼子ちゃぁん♥　頼れるのは涼子ちゃんしかいないのぉ～♥」

「キメーよブッ殺すぞ！」

拳を振り上げる涼子に沙羅はもじもじと身体をくねらせ、

「ちなみに妾～、涼子ちゃんが相手じゃったら舞台でキスシーンを演じることもやぶさかではないぞよ♥」

沙羅の大胆な発言に生徒たちは大いに盛り上がる。

「さ、沙羅様のキスシーン!?」

「そんなんあったらうちのクラス優勝間違いなしやん！」

「きゃ、脚本にすぐ追加しますブヒィィイイ！」

涼子は顔を真っ赤にして、

「な、なななんでうちが草薙とキスしなきゃいけねーんだよ！　キ、キスってのは……付き合ってからするもんだろ……。テメーもそんな軽々しくキスするとか言うんじゃねえよ。もっと自分を大事にしろ」

可愛いことを言う涼子に沙羅は歓喜の笑みを浮かべ、

「ほれ見よこのピュアっぷり！　ヤンキーでありながらピュアで硬派で仲間思い！　やはり涼子ちゃんこそ飛騨イケメンに相応しいと思うのじゃがどうか!?」

「異議なし！」「異議なし！」「異議なし！」「異議なし！」「異議なし！」

クラス中から異議なしコールが上がり、生徒たちが涼子に熱い視線を向ける。

そんな視線に涼子はたじろぎ、ぼそりと、

「……キスシーンは絶対にやらねえからな」

「えー、残念」

「残念じゃねえよ。キスってのは人前でするもんじゃねえ」

「つまり人前でなければＯＫということかや？」

沙羅の言葉に、涼子は慌てて「ち、ちげえよバカ！」と否定する。

「ふひひ、やはりツンデレは良いのう。この世にはツンデレからしか摂取できぬ栄養素があると思うのじゃ」

からかうように言った沙羅に、涼子はますます顔を赤くする。

かくして、一年三組の舞台『飛騨に不時着』の主役は、草薙沙羅と沼田涼子に決まったのだった。

女騎士、カチコむ

5月15日　23時47分

五月中旬の夜、リヴィアは寝室でミコトと楽しんだあと、ソファに全裸のまま腰掛けて、ミコトに琵琶の演奏を披露していた。

数日前、エレキギター以外に琵琶も弾けるとミコトに言ったところ、「ぜひ聴いてみたい」とすぐに買ってくれたのだ。

琵琶と一口に言っても日本の琵琶にはいくつか種類があり、リヴィアが弾いているのは薩摩琵琶という、武士向けの勇壮な楽曲を奏でるために開発されたものである。

胴部分の木材に堅い桑が使われ、撥は大きなイチョウ形。これにより叩きつけるような激しい演奏を可能としており、ロック音楽などにも取り入れられることがある。

元の世界でリヴィアが愛用していたのも薩摩琵琶だった。

リヴィアが琵琶を始めたのは、主君のサラに「そなたは話し相手としても遊び相手としても面白みに欠ける。武芸以外にもなにか身につけよ」と命じられたのがきっかけだった。

学問も将棋や盤双六といったゲームの腕前もサラに遠く及ばず、サラに勧められて読んだ三国志も合わず、逆に身体を動かす遊びに関してはどれだけハンデを付けてもリヴィアが勝ってしまうので、とりあえず楽器を習うことにした。

数ある楽器の中から琵琶を選んだのは、リヴィアの最も好きな戦国武将である上杉謙信が琵琶の名手だったからという割とミーハーな理由である。

リヴィアの演奏技術はめきめき上達し、サラに賞賛を受けるほどだったが、琵琶の曲は基本的に、節を付けて物語を語る琵琶唄とセットになっている。もともとの記憶力の悪さもあり、古風で難しい言い回しが多い唄パートのほうはさっぱり上達せず、「演奏だけなら間違いなく天才なのに、なぜよりによって歌唱が必須な楽器を選んでしまったのか……」と音楽の師範には大いに嘆かれた。

こちらの世界で始めたギターのほうがリヴィアに向いているのは間違いない。とはいえ琵琶のほうも、演奏だけなら一級品である。

力強くも、琵琶特有のどこか寂しさを孕んだ美しい音色が、寝室に響き渡る。

（そうだ、救世グラスホッパーの楽曲にも、琵琶を取り入れてみるのはどうでしょうか）

ふとそんなことを思いつく。

ロックと薩摩琵琶の相性は悪くない。しかしその場合、必然的にリヴィアが琵琶を担当することになり、ギターがもう一人必要になる。

（琵琶を弾くときは明日美殿にギターをお任せするか、新たにもう一人ギタリストを入れるか

……いずれにせよ、望愛殿なら良い感じに編曲してくれるでしょう）

リヴィアの脳裏に望愛の顔が浮かぶ。

（望愛殿……大丈夫でしょうか）

留置所で望愛と接見した限りでは、望愛は体調も良さそうで、たとえ有罪となってもまず執行猶予が付くので釈放は時間の問題とのことだったが、やはり心配である。

と、そのとき、

「リヴィア。少し演奏が乱れてるよ。さては他の女のことを考えていたね？」

身体をシーツで隠しながらベッドに座って演奏を聴いていたミコトが、からかうように指摘してきた。

「な、なぜそれを!?」

驚いて演奏を止めるリヴィアに、

「……カマをかけただけなんだけど、本当にそうだったのか」

ミコトは少し拗ねたように言った。

「申し訳ありません。逮捕された某のバンド仲間のことを考えておりました」

「ああ……木下望愛さんか。君の『元』同棲相手の」

「元」を強調するミコトに、

「はい。実は明日、望愛殿の裁判があるのです」

明日美(あすみ)からの連絡によると、明日は起訴された望愛の初公判が行われるらしい。

「なるほど。それは心配だろうね。傍聴には行くの？」

「ミコト殿にお許しいただけるのであれば」

「わかった。明日は君が帰ってくるまで家にいることにしよう」

「ありがとうございます」

お礼を言うリヴィアにミコトは笑って、

「ていうか、べつに競馬でもパチンコでもサウナでも、もっと自由に行っていいんだよ？ 私は家で待ってるから」

リヴィアが初めて地下闘技場を訪れてから二週間。

地下闘技場にはあれから三回行ったのだが、秋田岳瑠(あきたたける)と並んで最強の一角と言われていた元ボクサーの岡庭星河(おかにわせいが)にもあっさり勝利し、黒猫(くろねこ)が再び現れることもなかったので、リヴィアは地下闘技場の絶対王者として君臨することになった。

しかしあまりに圧倒的に強いためリヴィアに挑戦する者が誰もいなくなり、闘技場を仕切っている山下岳(やましたがく)から「すいません商売にならないのでしばらく来ないでください」と出禁を食らってしまったのだ。

ミコトの言葉は、リヴィアがまたも暇潰(ひまつぶ)しの手段を失ったのを気遣ってのものだろう。

「いえ、お気遣いなく。某はミコト殿の護衛ですから」

「ほんとにいいのに。私は毎日リヴィアに愛してもらってるだけで満足だから」

そう言って頬を赤らめるミコトに、リヴィアの顔も熱くなる、

「ミコト殿、あまりそういう可愛いらしいことを言わないでください。……またムラムラしてきてしまいます」

「君は本当にドスケベだね。……したいならすればいいじゃない」

その言葉に、リヴィアは無言で琵琶をソファに立てかけ、ベッドへと近づく。

ミコトの身体を隠すシーツを剥ぎ取りそっと押し倒し、彼女の身体を丹念に愛でる。

ミコトに負担を掛けないよう優しく時間をかけて、再びお互いが満足するまで交わったあと、

「……ミコト殿、なにか某にしてほしいことはありませんか？」

「してほしいこと？」

腕の中で蕩けた顔をしているミコトに問うと、彼女は少し考え、

「うーん……リヴィアには十分すぎるくらい色々やってもらってるからなあ。これ以上は特にないよ」

「またバッタ料理でもご馳走しましょうか？　次は唐揚げでどうでしょう？」

「それは絶対にやめろ」

真顔に戻って即答するミコト。

数日前にミコトにバッタの天ぷらを振る舞ったのだが、「体験としては良いかもしれないが、

二度と食べたくない」と酷評を受けた。また、以前バッタの天ぷらのことを「これまで食べた料理の中で一番の美味」と言った望愛については、ミコトの中で完全に味覚がおかしい人という認識になっているらしい。

「美味しいのに……」

残念に思いつつ、

「それでは、なにかミコト殿自身がしたいことなどはありませんか？」

「うーん……もうやり残したことはないかなあ。私がいなくなっても組織は回るようにしてあるし……。ああ、夏に好きな映画の最新作が公開されるんだけど、多分観られそうにないのは残念かな」

「そのようなことを仰らないでください。某と一緒にその映画を観ましょう」

「そうだね。できたらいいね」

ミコトは儚げに微笑み、

「ほんとにないんだよなあ……親しい連中との別れはもう済ませてあるし……」

そこでミコトは「あ」と何かに気づいた顔をした。

「そういえば一応あと一人だけ、会いたい人がいるかな。一応、強いて言えば、だけど」

「それはどなたですか？」

リヴィアが訊ねるとミコトは淡々と、

「私の父親だよ。もう顔も思い出せないけどね」

「どこにおられるのですか？」

「岐阜市内。ここから車で十五分もかからないかな」

リヴィアは眉をひそめ、

「そんな近くに？　ではなぜ会われないのですか？」

「もう二十年近く絶縁状態だし……簡単に会える人でもないからね」

「まさか……望愛殿のように投獄されているとか？」

「違うし、それに日本の刑務所は、娘が面会に行ったら会わせてくれるよ」

リヴィアの推測をミコトは否定し、

「……私の実の父親は、『白銀組』というヤクザの組長なんだよ」

そしてミコトは、滔々と自分の生い立ちをリヴィアに語って聞かせた。

ミコト——剣持命は、二十三年前、岐阜を拠点として活動する暴力団組織、白銀組の五代目組長である白銀龍児の一人娘、白銀命として生を受けた。

病弱だった母親は、ミコトを産んだときに死亡。

ミコト自身も生まれつき病弱だったのだが、暴対法による締め付けが日に日に厳しくなっていた時代、ヤクザの組長の子供ということでミコトは病院に忌避され、体調を崩すたび医者探しに難儀した。

「ヤクザ御用達の闇医者みたいなのも一応いるんだけど、彼らは結局、表で活躍できないから闇にいるんだよね。ブラックジャック先生みたいな無免許の凄腕医師なんて、特に小児科医なんて、現実にはいないらしい。……業種は違うけど、うちの地下闘技場のレベルを見ればそれも納得だろう？」

ミコトは皮肉っぽくそう言って、続ける。

娘の健康を第一に考えた白銀龍児は、ミコトが四歳のとき、ミコトを絶縁状態だった自分の実母（龍児の実父である四代目組長とは離婚し、姓は旧姓の剣持になっていた）に頼み込んで彼女の養子にしてもらい、代わりに自分との関係を一切断った。

こうして、白銀命は剣持命となった。

再婚せず一人で暮らしていた龍児の母は、幼いミコトを溺愛し、自分の貯金も龍児から受け取ったミコトの養育費もすべて費やし、ミコトが健康に育つようあらゆる手を尽くした。

しかし祖母（戸籍上の続柄は母）の努力の甲斐なくミコトは病弱なままで、ミコトが十二歳のとき祖母は世を去った。

他に親族はいない（ということになっていた）ミコトは、児童養護施設に入ることになったのだが、その施設は経営難に苦しんでいた。

そこでミコトは、施設で出会った他の子供たちと協力し、祖母が自分を治すために使った伝手から手に入れた薬を売り始めた。

「あ、薬といっても覚醒剤とかじゃないよ？　日本では未認可の薬や、認可はされてるけど医師の処方箋なしには買えない薬だ。普通は健康な人間が使うものじゃないんだけど、中には副作用で食欲を抑えたり体重を減らしたりするものもあってね。飛ぶように売れた」

稼いだ金は施設に匿名で寄付し、施設は無事に経営難から脱却した。しかしそれからもミコトたちは商売を続け、中学を卒業し養護施設を出る頃には、ミコトたちの資産はかなりのものとなっていたため、それを元手にさらに商売の幅を広げていった。

こうして誕生したのが、ミコトをリーダーとする半グレ組織『エスパーダ』である。意味はポルトガル語で『剣』。

エスパーダは順調に勢力を拡大していったのだが、ミコトが十八歳のとき、現在ミコトを蝕んでいる病が発覚。入退院を繰り返す日々が続いた。

「……薬の転売とかで医学を冒涜したバチが当たったのかもね」

ミコトは自嘲的にそう言った。

ミコトが闘病生活をしている間も、組織の優秀な仲間たちのおかげで商売は順調で、医療費に困ることはなかった。

最新の治療を受け、入院するときは常に特別個室で映画を楽しむ。特注の電動車椅子も完成し、意外と快適な日々を過ごしていた。

しかしそれでも病の進行を止めることはできず——半年前、ついに余命宣告を受け、延命治療に切り替えた。

「でもそれが本当にキツくて退屈でね。これは生きてるっていうより死んでないだけだなって思うようになって、延命治療をやめることにしたんだ。それからバリアフリーとセキュリティが充実したこのマンションに引っ越して、悠々自適な生活を送ってるってわけ。私の生い立ちはこんなところかな」

ミコトはそう言って深々とため息をついた。

「……父親は私に普通の人生を送らせるために、私をお祖母ちゃんに託したんだ。なのに結局私も、生きるためとはいえこうして裏社会にどっぷり漬かっちゃってる。だから正直、父に会わせる顔がないんだよ」

「それはなかなか、その……大変でしたね」

適切な言葉が思いつかないリヴィアに、ミコトは微笑んで、

「うん。大変だった。我ながら波瀾万丈な人生だったと思うよ」

「そうですね……某の知る人の中では二番目に波瀾万丈な人生です……」

リヴィアの口から零れた言葉に、ミコトの眉がぴくりと吊り上がる。

「あ？　二番目？」

「はい」

軽く頷くリヴィア。

「……一番は？　もしかして望愛さん？」

「いえ違います。一番は姫様……某の元主です」

「ち、ちなみに、その人の人生はどんな感じに大変なのかな？　いやべつに自分が一番がよかったとか不幸自慢をしたいわけじゃないんだけど、参考までに聞かせてほしいな」

早口で言い訳しながら訊ねてきたミコトに、リヴィアは訥々と、

「そうですね……まず姫様の母君は陛下の側室の一人だったのですが、ミコト殿の母君と同じく、姫様を産むと同時に亡くなられました」

その子は父である皇帝によって「サラ」と名付けられたが、これはオフィム帝国の古い言葉で「姫」を意味する。

平民であればその名には「お姫様のように可愛くて大切」といった親の愛情が込められているわけだが、皇族や貴族の娘にとって「姫」とは持って生まれた役割の名称に過ぎず、帝国貴族が子供にそんな名前を付けるというのは滅多にないことだった。

ちなみに「リヴィア」という名は「命」を意味する。

「命名された折も書簡で伝えられたのみで、陛下が直接サラ様に会いに来ることはなかったそうです。実の父から捨て置かれ、それでも姫様は成長するにつれてめきめきと頭角を現され、国難を乗り越えるために姫様を担ぎ出そうとする者も出てきました。しかしそのせいで、他のきょうだいたちから疎まれるようになったのです。姫様には十人以上のきょうだいがいて、宮

中で骨肉の争いを繰り広げていたのですが、彼らの狙いは姫様に向くようになり、幾度となく暗殺を仕掛けられました」

魔王ノブナガの再来とも称される才を持ちながら、家族の誰にも望まれなかった孤高の麒麟児──それがあちらの世界でのサラ・ダ・オディンであった。

「そんな姫様のご家族も、反乱によって帝国が滅ぼされた際に皆死に、唯一生き延びた姫様は、命からがらこの国にやってきたというわけです。これほど波瀾万丈で苛酷な人生を歩んできたかたを、某は他に知りません」

「…………」

リヴィアの話を黙って聞いていたミコトは、やがてこめかみを指で押さえて困惑の表情を浮かべながら「う～～ん」と唸ったあと、

「ええと、リヴィア。それは本当の話？　君の妄想じゃなくて？　私が知る限り、ここ最近でどこかの国が反乱で滅んだなんて話は聞いたことがないんだけど」

ミコトの言葉に、リヴィアは微苦笑を浮かべる。

「信じていただけないと思いますが、本当の話です。実は某、異世界から来たのです」

「う、うーん……。もうちょっと詳しく」

胡乱げな顔を浮かべながらも続きを促すミコトに、リヴィアは自分がこの世界に来てからのことを話して聞かせた。

姫を追って転移してきたものの、行き場がなくてホームレスになったこと。

サラと再会したもののすぐに探偵事務所をクビになったこと。

宗教家の皆神望愛(みなかみのあ)のヒモになったこと。

望愛たちとバンド活動を始め、メジャーデビュー直前まで行ったこと。

望愛が逮捕され再び身の振り方に悩んでいたところで、ミコトと出逢(であ)ったこと──。

話を聞き終え、ミコトは「ふう……」と困ったように嘆息した。

「やはり信じられませんか」

少し寂しく思いながらリヴィアが言うと、ミコトは首を横に振り、

「いや、信じるよ。君の人間離れした戦闘力も浮世離れした感性も、異世界人だからと言われるとしっくりくる。なにより、私は君がくだらない嘘をつく人間じゃないと信じてる」

そう言って微笑(ほほえ)んだ。

「ふふ……まさか異世界の女騎士とはね。これまでの人生で変なやつには何人も会ったけど、まさか最後の最後に、君のようなとびきりの変わり者と出逢えるとは思わなかった。本当に私の人生は波乱に満ちているな」

心から愉快そうに言うミコトに、リヴィアは優しく諭(さと)すように、

「ミコト殿。某(それがし)は、やはり父君にお会いすべきだと思います」

「え?」

「会いたい相手がいて、会える場所にいるというのに会わなければ、きっと後悔します。ミコト殿も、父君も」

「君が言うと説得力が違うね……」

ミコトは苦笑し、

「わかったよ。会おう、父親に」

「おお！」

喜びに目を見開くリヴィア。

「……とはいえ困ったな。もしも半グレのリーダーがヤクザの屋敷に堂々と入っていくのを見られたら、色々と面倒なことになる」

「では某が父君に、ミコト殿の連絡先をお伝えしに行きましょう」

「いいの？　危険かもしれないよ？」

「もちろんです」

頷(うなず)くリヴィアに、ミコトは「ありがとう」と微笑み、愛(いと)おしげに頬ずりをした——。

5月16日　10時7分

こうして翌日——岐阜地方裁判所で木下望愛の初公判が始まったのと同じころ。

リヴィアは白銀組の本部へと、ロードバイクに乗ってやってきた。

服装は失礼がないよう、ワインレッドのパンツスーツに革靴。ドレスコードがある高級レストランに行くためにミコトが買ってくれたものだ。

岐阜市の端、山の麓の、田園風景が広がるのどかな界隈。

壁に囲まれた広大な敷地の中に、和風の豪邸が建っている。

立派な門の脇には『白銀組』と書かれた木製の看板が掛かっており、その近くにはインターホンがある。

よく見ると壁や門の上のほうには、監視カメラが死角なく設置されていた。

カメラを気にすることなくロードバイクを壁に立てかけてヘルメットを脱ぎ、リヴィアは無造作にインターホンのボタンを押す。

間もなく、スピーカーから低い男の声が聞こえた。

『どちら様でしょうか』

「剣持命殿の使いで参りました、リヴィアと申します。組長殿にお会いしたいのですが」

『……失礼ですが、お約束はいただいておりますか？』

「いえ、しておりません」

『……少々お待ちください』

（やくざ者だというのに意外と丁寧な応対ですね……）

　そんなことを思いながら三分ほど待っていると、扉がゆっくりと開かれ、その先には五人の男が並んでいた。年齢も服装もバラバラだが、目つきは皆悪い。

　彼らの顔に浮かんでいるのは、いきなりアポなしでやってきた若い女という、場違いな来客に対する困惑の色。

　男たちの中で最も偉そうな、スーツ姿の男が口を開く。

「申し訳ありませんがお客様、どなたのお使いでしたか、もう一度お願いします」

「剣持命殿です」

　リヴィアが答えると、男はさらに、

「それはもしや……エスパーダの剣持命さんですか？」

「えすぱ、ああ、はい。たしかそんな名前でしたね」

　リヴィアの返答に、男たちが一斉に敵意を浮かべる。

　その反応にリヴィアが戸惑っていると、

「ああ～～～～!!」

　柄シャツを着たガタイのいい男が、急にリヴィアを指さして素っ頓狂な声を上げた。

「どうした後藤！」

「こ、こいつですよ！　一月前にうちのシマ荒らしに来た女！」

「なに!?　お前と近藤がやられたってやつか！」

「てめえ、よくもノコノコ現れやがったな！」

憤る後藤に、リヴィアは首を傾げる。

「すみません、どこかでお会いしましたか？」

すると後藤はさらに怒りの形相を深め、

「とぼけんじゃねえぞ！　あの時と髪の色は違うが、その左右で色が違う宝石みてえな目！　そよ風みてえに気持ちいい声！　デカくて形もいいオッパイ！　女神みてえにマブい面！　何度も夢に出てきたんだ見間違えるわけがねえ！」

「うーん……？」

やはり思い出せず困った顔をするリヴィアに、男は少し悲しそうに、

「だから俺だよ俺！　鉄火場の用心棒の！　あのときはスーツでグラサンだったけど！　鉄火場の外でてめえをシメようとして逆にボコボコにされた！」

「あっ！」

そこまで言われてようやく思い出すリヴィア。

かつてタケオと行った鉄火場でイカサマを指摘しようとしたら、二人の黒服にいきなり帰れと言われて仕方なく外に出たところ、襲ってきたのでサクッと返り討ちにした。

「あのときのどちらかでしたか」

「や、やっと思い出してくれたか……」

後藤はどことなく嬉しそうだった。

と、そこで別の男が、

「なにもんやと思っとったが、エスパーダのメンバーやったか。大牙鴉と米斗魂連合潰して、最近ますます調子づいとるらしいのう」

「で、ついに極道のシマにまで手ェ出そうってか？　半グレごときがナメてんじゃねえぞ！」

「は？　いえ違います、某は——」

妙な誤解をされていることに気づき、リヴィアは慌てて説明しようとするも、

「つるせえ！」

「ッ！」

いきなり後藤が殴りかかってきたため、反射的にカウンターを食らわせてしまう。

「ごぶぼォッ!?」

リヴィアの拳は綺麗に後藤の頬に吸い込まれ、彼の巨体を吹っ飛ばした。

「後藤!?」

「テ、テメエ……！」

「カチコミやあああ!!　カチコミやぞおおお!!」

いきり立つ男たち。

騒ぎを聞きつけて、屋敷の中から他の組員たちまで外に出てきた。

（ま、まずいですね……）

リヴィアはいったん出直すかどうか思案するも、すぐにその考えを否定。

ここでリヴィアが誤解を受けたまま逃げれば、エスパーダと白銀組の全面戦争に発展してしまう。

それに何より、一日でも早くミコトを父親に会わせてあげたい。

（ここは正面突破でミコト殿の父君を探し出し、事情を説明する！）

戦いのときだけ跳ね上がる知力によって瞬時に最善手を導き出し、そうと決めるが早いか行動に移す。

正面から襲いかかってきたヤクザを一撃で昏倒させ、屋敷へ向かって疾駆するリヴィア。

「逃がすなああ！」

「な、なんちゅう速さや！」

「すぐにオヤジに伝えろ！　カチコミだ！」

「だから誤解です！」

一応そう叫びつつも立ち塞がるヤクザたちを片っ端から蹴散らし、玄関まで辿り着いたリヴィアは、鍵が掛かっていた扉を躊躇なく蹴破る。

「ごめんください！」

「うわあっ！　ひいっ⁉」

玄関にいた一人の若いヤクザが、いきなり倒れてきた扉に驚いて腰を抜かす。

「ちょうどよかった」

リヴィアは土足のまま上がり込み、瞬時に男を組み伏せると、

「すみません、組長殿はどちらにおられますか？」

「だ、誰が教えるか……」

男の答えに、リヴィアは少し腕に力を込める。

「い、いでででええぇ⁉」

悲鳴を上げる男に、リヴィアはあくまで穏やかに淡々ともう一度訊ねる。

「組長殿はどちらですか？」

「い、一番奥の部屋でずううう！」

「馬鹿野郎ケン！　喋んじゃねえ！」

涙目であっさり白状した男に、駆けつけてきた他のヤクザが怒鳴る。

「ありがとうございます」

ケンと呼ばれた男を解放し、廊下に面した部屋からわらわらと出てきたヤクザたちを次々に蹴散らし、リヴィアは奥へ奥へと進んでいく。

中には刃物を持った者も何人かいたが、難なく躱して無力化する。

勢い余って相手の腕や足の骨を折ってしまうこともあったが、あとで魔術で治せば許してもらえるだろうと割り切る。

玄関にいた男が嘘をついた可能性も一応考え、途中にある部屋の襖も開けて中を確認しながら進んでいく。

と、不意に。

ぱん、と乾いた音がして、リヴィアの脇腹に焼けつくような痛みが走る。

「う……っ!?」

見れば五メートルほど先にある部屋の襖付近で、一人の男が荒い息をつき拳銃をリヴィアに向けていた。

「はぁ、はぁ……や、やったぜ！」

（ああ、銃で撃たれたのですか）

痛みを気合で無視してリヴィアは状況を判断する。

銃を持った相手と戦った経験はなかったので、珍しく危機を察知できなかったようだ。

銃はリヴィアのいた世界にもあったのだが、基本的に護身用か自決用で、戦闘で使われることはほとんどない。

遠距離攻撃手段には魔術がある上に、銃や矢、槍といった「点」への攻撃は、脳や心臓を貫いて一撃で絶命させなければ、魔術で傷を治療されてしまうからだ。

遠距離には魔術。近距離用の武器は、急所に当たらずとも敵の四肢を切断することで治療を不可能にする刀や斧、それから一撃で致命傷を与える破壊力を持ったメイスなど。防具は軽装かつ、頭、首、胸などの急所を重点的に固める。それが、あちらの世界における武装の主流であった。

（弾は貫通していますね）

背中に意識を向けて傷口の状況を認識し、リヴィアは即座に治癒魔術を発動。瞬く間に傷が塞がり、痛みも消えていく。

しかし、

「ミコト殿に選んでもらったスーツに穴が空いてしまったではありませんか」

脇腹の部分に空いた穴を見て、不機嫌な顔で文句を言うリヴィアに、

「う、動くんじゃねえ！　もう一発ブチ込むぞ！」

どうやら銃を使い慣れているわけではないらしく、男は完全に腰が引けている。銃口もブレブレで、いつどこに発射されるか予想できないぶん却って危険だった。

もう一発撃たれる前にさっさと倒すべきだと判断したリヴィアは、魔術で身体能力を強化、一瞬で男との距離を詰め手刀で銃を叩き落とし、みぞおちに打撃を加える。

「うぐぉっヴォえっ……！」

反吐を吐きながらのたうち回る男を横目に、拳銃を拾ってとりあえずスーツのポケットに入

れ、リヴィアは先を急ぐ。

（今後は銃に注意しないといけませんね）

後ろから撃たれないよう一部屋一部屋しっかり制圧しながら、長い廊下を先へ先へと進んでいくリヴィア。

そしてついに、一番奥の部屋へと辿り着く。

襖を開けると、広い和室の真ん中に、一人の着物姿の老人が正座をしていた。

年齢は確実に七十は超えているだろうが、背筋がピンと伸びており、研ぎ澄まされた刀のようなただならぬ雰囲気を放っている。

雰囲気だけでなく、実際に老人の前には日本刀が置かれており、リヴィアが部屋に足を踏み入れると、彼は刀の鞘を握り、鋭い眼光でリヴィアを睨めつけてきた。

ミコトに父親の年齢を聞いていなかったのだが、この老人はリヴィアが漠然とイメージしていた父親像よりもはるかに高齢である。しかし、

「あなたが白銀龍児殿ですね？」

確信を持って訊ねたリヴィアに、

「……このご時世に一人でカチコミとはどんな命知らずの大馬鹿かと思ったが、まさかこんな若いお嬢さんだったとはな」

衰えをまるで感じさせない威厳のある声で、老人――白銀龍児は言った。

リヴィアはそれに気圧されることなく穏やかに、

「誤解です。某はあなたの娘、剣持命殿の使いとして参ったのです」

「なに？」

白銀の眉がぴくりと動く。

リヴィアがゆっくりと白銀へと歩み寄る。

と、そこへ、

「オヤジ！　ご無事ですか！」

部屋に飛び込んで来たのは、最初にリヴィアを出迎えた五人のうちの一人で、最も偉そうなスーツ姿の男だった。

「心配ない。この娘は儂の客人だ」

「え!?」

刀を床に置いて言った白銀に、男が驚きを浮かべる。

「二人きりで話したい。てめえは出ていろ」

「し、しかしオヤジ！　そいつはエスパーダって半グレの――」

「出ていけ」

静かだが有無を言わせぬ声に、男は心配そうな顔で「……なにかあったらすぐに呼んでください」と言い残し、部屋を出て襖を閉めた。

二人きりになった部屋で、リヴィアは白銀(しろがね)に近づき、彼の前で正座する。

「すまんな。どうやらうちの若いのが早とちりしたらしい。あいつらは剣持命(けんもちみこと)が儂(わし)の娘だということを知らんのだ」

白銀の言葉に、リヴィアは驚く。

「ということは組長殿は、ミコト殿のことをご存知だったのですか？」

「エスパーダは極道連中の間でも話題になってるからな。その親玉の名前も、嫌でも耳に入ってくる」

「そうだったのですか……」

ミコトは自分が裏社会の人間になってしまったことを父に知られたくなかったようだが、既(すで)に手遅れだったらしい。

「で、命の使いが何の用だ。自分を捨てた父親の組に、宣戦布告でもしにきたか？」

「違います。ミコト殿はただ、もう一度あなたに会いたいとのことです」

「断る」

白銀は即答した。

「なぜですか？」

「儂は二十年前にあいつを捨てた。今更どの面下げて会える」

「ミコト殿はもう余命幾ばくもないのです」

リヴィアの言葉に、白銀の顔に初めて動揺の色が浮かぶ。

「な、に……？　そ、それは本当なのか！」

白銀の睨むような視線を真っ直ぐに受け止め、リヴィアは頷く。

「重い病に冒され、手の施しようがないそうです」

「……なんてこった……」

白銀の顔に、深い悲しみの色が浮かぶ。

「ミコト殿は、あなたが自分のためを思って泣く泣く関係を断ったのだとわかっています。ですのでどうか、会ってくださいませんか」

リヴィアがそう言って頭を下げると、白銀はしばし放心したように頭上を仰ぎ――

「……わかった」

深いため息のあと、頷いた。

リヴィアは白銀に、ミコトの住所と電話番号とメールアドレスが書かれたメモを渡し、「では某はこれにて」と部屋を出る。

屋敷の廊下にはまだリヴィアが倒した大勢のヤクザたちが転がっており、亡者のような呻き声を上げていた。

（……ちょっとやりすぎたかもしれません……）

自分が作り出した惨状に冷や汗を浮かべ、仕方なく彼らを治療してから屋敷をあとにするリヴィアだった。

この翌日のニュースでは、木下望愛の裁判が弁護士のアクロバット法廷戦術により無罪に傾きかけたにもかかわらず、裁判のあとで望愛が自ら警察に余罪を告白したことが大きく取り上げられ。

同じく岐阜市内で密かに発生した、「若い女が一人でヤクザの屋敷にカチコミをかけ、散々暴れ回った挙げ句に気功でヤクザたちの傷を治して帰った」という前代未聞の珍事件が表沙汰になることはなかった——。

命にふさわしい

5月17日　9時23分

翌日。

リヴィアとミコトは、白銀龍児(しろがねりゅうじ)に会うべく、彼の指定した場所へと向かった。

ミコトのマンションからそれほど遠くない場所にある、住宅街の隠れ家的な小さなバー。

バーの扉には『CLOSED』の看板が掛けられていたが、鍵はかかっていなかった。

リヴィアが扉を開け、ミコトが入ったあと続いて店に入る。

店員の姿はなく、テーブル席で一人の老人――白銀がロックグラスで焼酎を飲んでいた。

この店は白銀組ともエスパーダとも関係がなく、白銀の長年の行きつけでマスターとはツーカーの仲らしい。

「ではミコト殿。某(それがし)は外に出ています」

父子二人きりにしようと思ってリヴィアが言うと、ミコトはリヴィアの手を握り、

「リヴィアも一緒にいて」

縋(すが)るようにそう言った。

リヴィアは頷き、白銀の対面の椅子をどかしてミコトのための場所を空け、自分はミコトの横に立つ。

ミコトと白銀はしばらく無言で、互いに探るように何度か視線を交わし、

「……白銀龍児、さんですか？」

先に口を開いたのはミコトだった。

「ああ」と白銀が頷き、

「……剣持命、だな？」

「うん」とミコトも頷く。

「……なんか、ええと、久しぶり？」

「ああ……その……大きくなったな」

ぎこちないが決して悪い雰囲気ではない父子のやりとりを、微笑ましく思うリヴィア。

「……元気だった？」

「ああ……」

白銀が頷き、

「お前もげん――」

元気だったか？　と言いかけて止める。

それでミコトが苦笑を浮かべ、

「まあ、ご存知のとおり元気ではないです」

「……っ」

沈痛な顔をする白銀(しろがね)に、ミコトは言葉を続ける。

「元気ではなかったけど、そんなに不幸でもなかったよ」

そう言って微笑(ほほえ)んだミコトに、白銀が目を見開く。

「……私を愛してくれた父親にお祖母(ばあ)ちゃん。大勢の仲間たちにも恵まれたし――」

ちらりとリヴィアに目線をやり、

「好きな人もできた」

「ミコト殿……」

ミコトは再び白銀に穏やかな笑みを向け、

「だから、そんなに不幸な人生でもなかったよ。むしろ楽しかった。あなたのおかげです」

「……そうか」

白銀の目の中に、光るものが浮かんでいた。

「今日言いたかったのはそれだけ。会ってくれてありがとう」

そう言ってミコトは、白銀に一通の封筒を差し出した。

「……これは?」

「手紙。あとで読んで」

そしてミコトは車椅子を動かし、店の扉へと向かう。

最後に一度だけ振り返り、

「さようなら。長生きしてね、お父さん」

そう言い残し、ミコトとリヴィアは店を後にしたのだった。

5月25日　16時43分

父、白銀龍児と会ってから一週間。

ミコトはこれまでと同じように、リヴィアと一緒に映画を観たり外に出かけたり一緒に寝たりと、悠々と、自由に、楽しそうに、笑いながら過ごしていた。

——そして、いつものようにリビングでリヴィアと一緒にポップコーンを食べながら映画を観ている最中に、ぷつりと糸が切れたように倒れた。

「ミコト殿！」

息はあるのだが、リヴィアが何度呼びかけ、身体を揺すっても、ミコトが目を開ける気配はない。

「……ついにこのときが来てしまいましたか」

本人は元気そうに振る舞っていたが、日に日に食が細くなり、化粧で誤魔化せないほど痩せこけていくミコトの姿から、近いうちにこうなることはわかっていた。

リヴィアは冷静に、事前にミコトから指示されていたとおり、彼女の身体をベッドに運んで寝かせ、バイタルサインを測定する装置を起動してミコトの身体に繋いだ。

モニターにミコトの心電図が表示され、ゆるやかな波線を描く。

これが直線に変わったときが、ミコトの命が尽きたことを意味し、自動的に主治医に連絡が行くようになっているという。

ミコトの顔は穏やかで、まるで普通に眠っているだけのようだった。

「……ミコト殿。まだ寝るには早い時間ですよ。某が目覚まし代わりに琵琶を弾いてさしあげましょう」

そう語りかけると、リヴィアは琵琶を手に取り、ベッドに腰掛ける。

「今回は特別に歌もお付けします。某の琵琶唄を聴いたことがあるのは姫様と音楽の師範だけなのですよ」

べべん、と撥を弦に叩きつけ、

「祇園精舎の鐘の声　諸行無常の響きあり――」

平家物語の書き出しを朗々と歌い上げるリヴィア。

平家物語は栄華を極めた平家一門が、次第に没落、ついには滅亡する様を中心に描かれた軍記物語で、盲目の琵琶法師たちがこれに節を付け琵琶を弾きながら人々に語り継ぎ、八百年もの間愛されてきた。

　本来は平家琵琶という専用の琵琶を用いるのだが、べつに他の琵琶で弾いてはいけないというわけでもない。

　サラが平家物語を愛読していたので、薩摩琵琶用の曲ではないがリヴィアはあえてこれを学んだ——正確には、学ぼうとした。

「沙羅双樹の花の色　盛者必衰の理をあらはす
　驕れる人も久しからず　ただ春の夜の夢のごとし
　猛き者もつひにはほろびぬ　ひとへに風の前の塵に同じ——」

　合間合間に琵琶を弾きながらここまで歌い上げ、

「……すいません、某が歌えるのはここまでなのです」

　ばつが悪そうにリヴィアはミコトに向けて言った。

　平家物語第一章『祇園精舎』ではこのあと、中国や日本における「一時は隆盛を誇りながらも最後は惨めな末路を迎えた人物」の例が何人も出てきて、最後に彼らと並べる形で平清盛が紹介される流れなのだが、リヴィアには憶えられなかった。

「お恥ずかしい。やはり某に歌は無理ですね。実は救世グラスホッパーの曲の歌詞も憶えていませんし。明日美殿はすごいです。……まあ、よく考えると世の儚さを語った歌など目覚ましには相応しくありませんでしたね」

リヴィアは苦笑して、今度は薩摩琵琶用に作られた勇ましい楽曲を弾き始める。

曲が終わると、また次の曲、次の曲、次の曲、次の曲、次の曲――。

琵琶曲のレパートリーが尽きると、今度はギターを持ってきて、救世グラスホッパーの楽曲を演奏する。

救世グラスホッパーの曲をすべて弾き終わると、次はギターの特訓用に弾いていた曲や、歌詞が決まらずバンド活動が進展しなかった時期に手慰みで弾いていたJ-POPや洋楽なども演奏する。

四時間以上かけて、リヴィアは自分が弾けるすべての曲を弾き尽くした。

「そろそろ起きてくださいミコト殿。もう某には弾ける曲がありません。こうなったらまた平家物語から――え？」

ミコトの顔を見たリヴィアは、彼女の表情が倒れたときから変わっていることに気づき目を見開く。

いつの間にか、ミコトの口元に笑みが浮かんでいたのだ。

「ミコト殿、起きておら――」

リヴィアが顔をほころばせた次の瞬間。

ピ――――という冷たい電子音がモニターから鳴り響き。

表示されていた心電図が、波から直線へと変わった――。

5月25日　21時5分

ミコトが言っていたとおり、リヴィアが特に何もしなくても、ほどなくして一人の男が駆けつけてきた。

しかし、やって来たのは彼女の主治医ではなかった。

「心臓が止まったら、儂のところに連絡が来るようになっていた」

険しい顔をした老人――白銀龍児は、娘の顔を見つめながらリヴィアに言った。

「そうだったのですか」

「ああ」と白銀は頷き、

「命から、お前さんに渡すよう頼まれていたものがある」

「え?」

白銀が懐から大切そうに取り出したのは、一個のUSBメモリだった。

「こないだ命にもらった手紙と一緒に入っていたものだ。今すぐに見てくれ」

白銀からUSBメモリを受け取り、リヴィアはそれをまじまじと見つめ、しばらくして首を

傾げながら、

「見ましたが……？」

「……おい。こんなときにふざけてんじゃねえぞ」

ドスのきいた声で言った白銀に、リヴィアは慌てて、

「ち、違います！　本当にこれの使い方がわからないのです。たしか望愛殿の部屋で同じようなものを見たような気がしなくもないのですが……」

リヴィアの言葉に、白銀は一瞬虚を突かれた顔を浮かべ、

「ああ、そうか……そういやお前さんは、そうだったな……。チッ、しょうがねえな。貸してみろ」

白銀は舌打ちすると、リヴィアからＵＳＢメモリを受け取り、リビングへと向かった。

それからテレビの横側をのぞき込み、

「……ええと、ああ、ここか」

なにやらブツブツ言いながら、ＵＳＢメモリをポートに差し込む。

「おお……組長殿は機械にお詳しいのですね」

「馬鹿にしてんのかてめえは。いいから座ってろ」

賞賛するリヴィアに白銀が顔をしかめ、リモコンでテレビの電源を入れた。

さらにリモコンを操作し、ＵＳＢメモリに入っていたデータを再生する。

リヴィアがソファに座って画面を見つめていると、テレビにミコトの顔が映った。

「ミコト殿!?」

リヴィアが驚いていると、ミコトがステッキをついて画面の奥のほうへ歩いていき、椅子に座った。

動画の場所はミコトの仕事部屋。髪型は、リヴィアが白銀組に乗り込んだ日のものだ。

画面の中のミコトが話し始める。

『あー……リヴィア。この動画を君が見ているとき、私はもうこの世にはいないだろう……なんちゃって』

シリアスな顔で映画で見たことがあるベタな台詞を吐いたのち、恥ずかしくなったのか顔を赤らめるミコト。

『自分がいつ逝っちゃうかわからないから、今のうちにこうしてメッセージを遺しておくよ。ふふ、こういうビデオメッセージのシーンってベタだけど好きなんだよね。もちろん編集ナシの一発録りだ。だから変なこと言っちゃってもスルーしてほしい』

「ミコト殿……」

『では改めて。……リヴィア。君と過ごした日々はとても幸せだった。君への感謝とか大好きな気持ちとか、どれだけ言葉を並べても伝えきれる気がしないから、とりあえず一言だけ。ありがとう。愛してる。あれ、これじゃ二言か？　まあいいや。……人生の最後の最後に君に出逢えたことを、私は運命だと思う。だからそんな君に、私からプレゼントがある。迷惑じゃなければ受け取ってほしい』

「プレゼント？」

戸惑うリヴィアに、画面の中のミコトが悪戯っぽく微笑む。

『プレゼントはねえ……わ・た・し♥　……と言ってもエッチな意味じゃないよ？　それならもうあげちゃったからね』

思わず隣で動画を見ている白銀に視線を向けてしまうリヴィア。

（これはもしかして、父君に見られることを想定していないのでは……？　某が機械に疎いばっかりに！）

焦るリヴィアだったが、次に語られた言葉の衝撃でそんなことはどうでもよくなった。

『――プレゼントは、私の人生全部だ。私の財産も、名前も、戸籍も……私という人間の生きてきた証、全部をリヴィアにあげたい』

「は!?」

『もしも受け取ってくれるなら、君はこれからミコト――白銀龍児の一人娘、剣持命だ。名前は変わっちゃうけど……リヴィアという名前は「いのち」という意味らしいね。幸い、意味は変わらないから、そこは妥協してほしい。ちなみにお父さんがこのＵＳＢメモリを君に渡したということは、お父さんもそれを了承したってことだから安心していい』

「え……」

リヴィアが白銀を見ると、彼は無言で深く頷いた。

画面の中のミコトはそこで苦笑を浮かべ、

『まあ、ヤクザの娘で半グレの親玉なんていうロクデナシの戸籍なんて欲しくないかもしれないけど、それでもないよりはマシだろう。どうしてもイヤだったら改名するなり絶縁するなりしてもかまわないけど……できれば使ってやってほしいな』

目を細め、切なげに微笑むミコト。

『というわけで、名残惜しいけど私の話はこれで終わりだ。ばいばい、リヴィア。せっかく来たんだし、もっともっとこの世界を楽しんでね』

明るく手を振ったあと、録画を切るため、ミコトがこちらに向かって近づいてくる。

だんだんミコトの姿が大きくなり、顔が画面からはみ出て見えなくなったそのとき――

『……あーあ、死にたくないなぁ』

無意識に零れたと思しきそんな呟きが聞こえたのと同時に、画面がぷつりと暗くなった。

「ミコト殿……」

動画が終わったあとも、リヴィアはしばらく、呆然と画面を見つめていた。

そんなリヴィアに、

「……で、どうする」

白銀に問われ、

「ど、どうするもなにも……某がミコト殿の人生を受け継ぐなど……そもそもそんなことが可能なのですか？」

「……人の死を隠すのはヤクザの専売特許だ。これぱっかりは半グレにはできねえ。だから命は儂に頼った。命の主治医の先生や、エスパーダの連中にも話は通してあるらしい」

「組長殿は、本当にそれでいいのですか？」

するとと白銀は歯を食いしばるように、

「……たった一人の娘が死んだんだぞ。盛大な葬式あげて弔ってやりてえに決まってる。だが、これは命が儂に言った最初で最後の我が儘だ。親として叶えてやるしかねえだろ」

そして白銀はリヴィアを睨み、

「で、改めて訊くが……どうする」

「某は――」

リヴィアは目を閉じ、深く息を吸い、そして目を開けると白銀の顔を真っ直ぐ見据え、

「ミコト殿の人生、謹んで受け取らせていただきます」

リヴィアの答えを聞いた白銀は、「わかった」と立ち上がり、

「すぐに準備に取りかかる。お前さんは命のそばにいてやってくれ」

そう言って部屋を出ていこうとする白銀に、

「お待ちください。ミコト殿にもう一度お別れを……」

「別れは済ませた。もう一度顔を見たら決心が鈍る」

振り返らずに答える白銀。

その両手は、血が滲むほどに固く握りしめられていた。

5月25日　21時37分

白銀龍児が部屋から去ったあと、リヴィアは再び寝室に行き、ベッドで眠るミコトの傍らに立って、穏やかに微笑んでいる彼女の顔を見つめながら語りかける。

「とんでもないプレゼントをありがとうございます、ミコト殿。こんなに驚いたのは生まれて初めてかもしれません。

しかし、一つだけ否定したいことがあります。

あなたは某と出逢ったことを運命だと仰いましたが、それは違うと思います。

だって、もしもこの出逢いが運命なのだとしたら、まるでミコト殿が、某に人生を託すためにこれまで生きてきたみたいではありませんか。

　そんなことはありません、絶対に。

　ミコト殿の歩んできた苛酷な道のりは、運命などではなく、ミコト殿が自らの力で切り開いてきたものです。某はたまたま、その道の果てに立っていたに過ぎません」

　そこでリヴィアは跪き、ミコトの冷たくなった手を握る。

「某は、そんなあなたの生き様に恥じぬよう、この世界を全力で生き抜くことを誓います。あなたの人生を、世界中にありふれた悲劇などで終わらせはしない。剣持命は、世界で一番幸せな人生を送ったと胸を張って言えるように、某はこの世界を楽しみ尽くしてみせます。だから……」

　そのとき不意に、リヴィアの脳裏にミコトの言葉が甦る。


　──あーあ、死にたくないなぁ。


　もうやり残したことはない、満足だといつも笑っていた彼女が、最期に遺した言葉。

「……っ」

　リヴィアの目から大粒の涙がこぼれ落ちる。

「だから……っ、だがらどうか……！　見守っていてください、我が主……」

絞り出すようにそう言って、リヴィアはミコトの唇にそっと口づけし、立ち上がった。

「……ぅう……！　あ……ぐっ……あああ……！」

涙は止まらず、あとからあとから滝のように溢(あふ)れ出てくる。

この日、リヴィアはこの世界に来てから——いや、物心ついてから初めて、声を上げて泣いたのだった。

CHARACTERS
SALAD BOWL
OF
ECCENTRICS
剣持命
NAME
ジョブ:ー
アライメント:ー
STATUS
体力: ー
筋力: ー
知力: ー
精神力: ー
魔力: ー
敏捷性: ー
器用さ: ー
魅力: ー
運: ー
コミュ力: ー

CHARACTERS

SALAD BOWL OF ECCENTRICS

剣持命 NEW NAME

ジョブ:剣持命 NEW

アライメント:中立/混沌

STATUS

体力:100

筋力:100

知力: 24

精神力: 82

魔力: 19

敏捷性:100

器用さ: 76

魅力: 99

運: 25

コミュ力: 41

女騎士ちゃん四苦八苦

５月２６日　１０時２３分

翌日、ミコトのマンションに、三人の若者が訪ねてきた。

男が二人と女が一人で、三人とも年齢は二十三歳。

彼らはミコトと同じ児童養護施設の出身で一緒に商売を始めた、エスパーダの創設メンバーであり最高幹部である。

黒髪でスーツ姿の真面目そうな男は曾我部亮。

裏社会の人間という雰囲気はまったくなく、実際に一般企業に勤めている。

もう一人の男、徳田真治。

金髪でラフな服装だが、ごく普通の軽い感じの若者の範疇で、こちらも半グレ感はない。

女の名は手塚明海。

茶髪でぽっちゃりした体型の大学院生。

彼らにも、ミコトが死んだら連絡がいくようになっていたらしい。

エスパーダのメンバーの中でミコトの死を知るのはこの三人だけで、ミコトが父親に頼んでリヴィアに自分の人生を受け継がせたことも知っている。

「そっか……。ま、笑って逝ったんならよかったよ」

リヴィアからミコトが亡くなったときの様子を聞いて、徳田が目を潤ませながら笑った。

ミコトの遺体は昨夜のうちに白銀が手配した者たちによって運び出され、既にこの部屋にはない。

「にしても、ミコトのやつ、彼女に戸籍がないから自分が死んだら戸籍あげることにするー、とか最後までぶっ飛んだことしてくれるぜ」

「さすがミコトちゃんって感じだよねー」

徳田の言葉に手塚が笑った。

そんな二人に曾我部が淡々と、

「戸籍だけじゃない。財産も、これまでの人生も、すべて彼女が受け継いだ。剣持命が死んだという事実は社会のどこにもなく、今は彼女がミコトだ」

三人の視線がリヴィアに集まる。

「ええと……その、よろしくお願いします」

リヴィアが挨拶すると、

「おう、よろしく」

「よろしくね。……でもミコトちゃんって呼ぶのはやっぱり抵抗あるから、私たちだけのときはリヴィアさんでいい？」

「もちろんです」

手塚の言葉にリヴィアは頷いた。

「これからはあなたがエスパーダのリーダーです。よろしくお願いします」

曾我部にそう言われ、リヴィアは、

「そのことなのですが……リーダーの席は辞退いたします」

「エスパーダを抜けるってことか？」

「そういうことになるのでしょうか」

徳田の問いにリヴィアは頷き、

「そもそも某は、エスパーダというのがどんな組織なのかほとんど知りませんし、ミコト殿が何をやっていたのかも知りません。リーダーの立場はミコト殿の友人である皆さんにお譲りしたいです」

すると三人は顔を見合わせ、それから一様に小さく頷くと、

「そういうことなら、エスパーダは解散だな」

「そうだね」

「ああ」

徳田たちの言葉に、リヴィアは慌てる。

「ま、待ってください。なぜそういうことになるのですか？」

「だってエスパーダのリーダーはミコトちゃんだもん。リーダーが辞めるならグループも解散するしかないでしょ？」

当然のことのように答える手塚。

「し、しかしミコト殿の話では、自分がいなくなっても組織は回るようにしてあるとのことでしたが？」

「たしかに、ミコトは組織の運営のほとんどを我々や他の幹部たちに任せていました。ミコトがいなくても組織を存続させることは可能です。しかし」

曾我部の言葉を徳田が引き継ぎ、

「俺たちはミコトのためだけにエスパーダで金儲けしてきたんだ。そのミコトが抜けるってんなら、エスパーダを続ける意味はねえんだよ」

「そうそう。私たち、べつに好きで悪いことしたいわけじゃないからね。リョウくんもシンジくんも表では普通に働いてるし、私も大学通ってるし」

「そうなのですか……」

リヴィアは三人の言葉を反芻しつつ、

「皆さんは本当にそれでいいのですか？　その……ミコト殿と立ち上げた組織を、あっさり解散してしまっても」

「そりゃ、思い入れがないって言やあ嘘になるけどよ」

「いつまでも続けるようなことじゃないって、ミコトちゃんとも話してたから」

徳田と手塚が言った。

そこで曾我部が、

「ただ、エスパーダが解散したあとに不安はありますね。我々三人は正直組織がなくても困りませんが、今やこの街一番となったグループが消えれば、別の半グレグループが台頭してくることでしょう」

「あー、たしかに、なんやかんや俺たちが、他の半グレ連中が一般人にまで迷惑かけるのを抑えつけてたトコはあるよな」

「行き場を失ったエスパーダの下の人間がそこに合流してタチの悪い仕事に手を染めるようになり、せっかく我々が潰した老人相手の特殊詐欺も再び横行するようになるでしょう。それはミコトの望むところではないはず……」

「ミコトちゃん、お年寄りを騙す人大嫌いだったからねー」

曾我部たちの言葉を聞いたリヴィアは、

「ではやはり、解散しないほうがいいのでは？」

しかし徳田は首を振り、

「エスパーダのリーダーはミコトだ。そこだけは絶対に譲れねえ」

「リヴィアさん。あなたがミコトとしてエスパーダを存続させるか、組織を抜けて解散するか、道は二つに一つです」

曾我部(そがべ)が言って、三人はリヴィアをじっと見つめる。

その視線を受けたリヴィアは冷や汗を浮かべながらしばし考え、

「…………も、もう少し考えさせてください」

回答を保留したのだった。

5月26日　16時23分

岐阜市の外れ、白銀(しろがね)組の本部。

広大な屋敷の大広間に、五十人ほどの組員が集まっていた。

そこで前方の襖(ふすま)が開き、二人の人物が部屋に入ってくる。

組長の白銀龍児(りゅうじ)と、リヴィアだった。

白銀曰(いわ)く、先日リヴィアが暴れたせいで、組内で「エスパーダ潰(つぶ)すべし」との機運が高まっているらしく、ことを収めるにはミコトと白銀の関係を明らかにする以外にないとのことで、リヴィアは白銀とともにこの場にやって来た。

リヴィアの姿を見て、正座していた組員たちがどよめくも、

「静かにしろ」

白銀が厳(おごそ)かな声で言うと、場が一瞬で静まりかえる。

「今日は皆に紹介したい人間がいる。二十年前、やむを得ない事情でよそへ養子に出した儂(わし)の一人娘……剣持命(けんもちみこと)だ」

白銀の言葉に組員たちが再びざわつく。

「む、娘!?」

「たしかにオヤジに娘がいたって話は聞いたことあるけど……」

「ちょ、ちょっと待ってくださいオヤジ！　そいつはこないだカチコミに来た半グレの仲間じゃねえですか！」

「あんときはたしか剣持命の使いって言ってましたがどういうことです!?」

口々に言う組員たちに白銀は淡々と、

「カチコミってのはてめえらが勝手に誤解しただけだ。剣持命の使いと名乗ったのは、正直に名乗れば大事になると考えたからだ。結局ああいうことになっちまったがな」

「でもオヤジ、俺の調べによるとエスパーダのボスは車椅子に乗った女って話でしたぜ！」

「それは影武者だ」

「か、影武者？」

「半グレの親玉が、正体を隠そうともせずに堂々と車椅子で街中を歩き回ってるわけねえだろうが」

「た、たしかに！」

そこで別の組員が、

「オヤジの娘ってことは日本人っすよね？　その女、目の色が」

「てめえはカラーコンタクトも知らねえのか」

「髪の毛も、ちょっと上のほうから地毛っぽい銀髪が生えて……」

「若白髪だ。苦労させちまったからな……」

堂々とでたらめを語る白銀に、組員たちは次第に大人しくなった。

「というわけで、エスパーダはうちの敵じゃねえ。儂の娘の仲間だ。揉め事を起こすんじゃねえぞ」

「わかりやした」

頷く組員たちに、白銀もゆっくり頷き、それからリヴィアに、

「ミコト。お前からも挨拶してやれ」

「はい、父上」

リヴィアは一歩進み出て、よく通る声で自己紹介する。

「白銀龍児が子、剣持命と申します。以後お見知りおきを」

組員たちから、自然と拍手が湧き起こった。

これで白銀組とエスパーダの抗争は避けられるだろう。

リヴィアが安堵(あんど)していると、

「顔合わせが済んだところで、儂から一つ提案がある」

白銀の言葉にリヴィアは疑問符を浮かべる。今回の用件は剣持命の素性(すじょう)を組員たちに説明するだけだったはずだ。

「儂はこの組を、ミコトに継がせたいと考えている」

「ええ!?」

ざわつく組員たちと、寝耳に水の話に目を丸くするリヴィア。

「正気ですかいオヤジ!?」

「儂ももうトシだ。そろそろ引退するべきだろうと前々から考えてきた。だが、皆も知っての通り、白銀組の組長は代々世襲だ。だから若頭(カシラ)を白銀の籍に入れて跡を継がせるつもりだったんだが……」

白銀がリヴィアを見る。

「二十年前に別れた儂の実の子供が、実はとんでもねえ器量の持ち主だとわかった。このご時世、極道とは名ばかりで半グレと大差ねえシノギをやる組織も多くなった。そんな中でうちみてえな古い極道がこの先も生き残っていくには、なによりも大将の器が肝心だ。だから儂は、ミコトを新しい組長にしたい。ちなみに若頭にはもう納得してもらっている」

「で、ですが組長！　その、ご子息は女じゃねえっすか」

戸惑いながら言った組員に白銀は、

「極道の歴史上、女の親分もいなかったわけじゃねえ。ましてや今は男も女もねえ時代だ。他の組の連中から時代遅れだのなんだの陰口叩かれてきたうちの組が、女をテッペンに頂く――うちがただ古いだけじゃねえってとこを見せつけてやろうじゃねえか」

しかしなおも組員たちの動揺は収まらない。

白銀はさらに続けて、

「だったらてめえらに訊くが……この中に、極道の屋敷にたった一人で、しかも武器も持たずに乗り込んで、大立ち回りを演じて無事に帰ってこられる奴がいるか？　そんな奴がいるなら、儂は喜んでそいつに跡を任せるんだが」

組員たちが沈黙する。

「お、俺は賛成です！」

後ろのほうから声を張り上げたのは、鉄火場と屋敷でリヴィアに二度ボコボコにされた後藤という男だった。

「その女――いや、ミコトの姐さんの下でなら、俺はいくらでも命張れます！」

その言葉に触発され、組員たちは口々に、

「たしかにありゃあ恐ろしい強さだったぜ……」

「ああ……あんなカチコミ、昔のヤクザ映画でしか見たことねえよ」

「まさに鬼神だったな」

「正直、俺ぁ極道の世界に入って初めて死を覚悟したぜ……」

「あの人がアタマなら、うちが天下獲るのも夢じゃねえかも……！」

「ミコトの姐さんこそ、俺たちが憧れたホンモノの極道なのかもしれねえな」

「そうだ！　ミコトさんこそ理想のヤクザだぜ！」

盛り上がる組員たちにリヴィアは慌てて、

「ちょ、ちょっと待ってください！　某は跡を継ぐつもりなど……」

すると白銀はリヴィアに向き直り、

「……頼む、ミコト。最初で最後の親孝行だと思って、引き受けちゃあくれねえか。このとおりだ」

深々と頭を下げる白銀。

他の組員たちも続いて、「お願いします、姐さん！」と一斉に頭を下げ、リヴィアに熱い視線を向けてきた。

その眼差しにリヴィアはたじろぎ、

「……す、少し考えさせてください」

回答を保留したのだった。

5月27日　11時2分

その翌日。

リヴィアは皆神望愛（みなかみのあ）が留置されている警察署へ面会に訪れた。

接見室に通されてしばらく待っていると、警官と一緒にジャージ姿の望愛が入ってきた。

腰ほどまであった長い髪は、セミロングとなっている。

「リヴィア様！　会いに来てくださったのですね！」

リヴィアの顔を見るなり、望愛が歓喜の笑みを浮かべた。

「お久しぶりです、望愛殿。お元気でしたか？」

「はい。警察や検察の皆さんにも同室の皆さんにも良くしていただいております」

見たところ望愛の顔色も肌つやも良く、強がっているというわけではなさそうだ。

「それならよかったです。望愛殿、裁判を見に行けず申し訳ありませんでした。このところ色々ありまして……」

「そんな、お気になさらないでください」

謝罪するリヴィアに望愛（のあ）は微笑（ほほえ）み、

「それよりリヴィア様、髪を染められたのですね。黒髪もよくお似合いです」

「望愛殿も、髪を切られたのですね」

「はい。最近暖かくなってきましたし、長いと洗うのに時間がかかるので思い切って。……おかしくありませんか？」

「とてもよくお似合いです」

リヴィアが言うと、望愛は頬を赤らめながら、

「幼い頃からずっと長い髪だったので、頭が軽いのが新鮮です。リヴィア様、いつか外に出られたら、わたくしと一緒に街を歩いていただけませんか？」

「もちろんお安いご用です」

頷（うなず）くリヴィアに、望愛はぱあっと表情を輝かせる。

「ところで、いつごろ出られるかという目途はついているのですか？」

すると望愛は困った顔で、

「それが弁護士さんの話では、最終的な判決が出るまでには最低でもあと半年はかかるとのことです……」

「そんなにかかるのですか？」

驚くリヴィアに望愛は頷き、

「この国の裁判は時間がかかるのです。今回は複数の案件を精査して量刑を決める必要がありますし……。自供したのでおそらく執行猶予が付き、裁判が終わり次第出てこられるとは思うのですが、もうしばらくここにいることになりそうです」

「それは大変ですね……。某にできることがあればなんでも仰ってください。と言っても、何か差し入れを持ってくることくらいしかできそうにありませんが……」

　リヴィアが言うと、

「いえ、そのようなことはありません」

「え？」

　強く否定した望愛に、リヴィアは小首を傾げる。

「実はクランのことでリヴィア様にお願いしたいことがあるのです」

「クランのこと？」

「はい。先日副代表の葛西さんからクランの近況報告を受けたのですが、ワールズブランチヒルクランの親団体である『金華の枝』は、公式にわたくしのクランと教団は無関係であると宣言したそうです。これでクランは完全に独立した組織となり、わたくしも教団の後継者争いから解放されました」

「ええと、それは……良いこと、なのですか？」

　リヴィアの問いに、望愛は「はい」と頷きつつ、

「ただ……初公判のあとわたくしが自ら余罪を告白したことで、クランを抜けるメンバーが続出しているようなのです」

「そうなのですか？」

「ええ……。逮捕された時点では、皆さんわたくしの無実を信じて留まってくださっていたのですが、さすがに犯罪者であることが確定してしまうとそうはいきませんね……。インサイダーで得た利益はすべて没収されますし、それに加えて罰金も科されますから、今後の資金繰りは厳しくなりそうです」

「なるほど……」

リヴィアはクランの状況を理解しつつ、

「……それで望愛殿、某に頼みたいこととは？」

何か嫌な予感がしつつ、恐る恐る訊ねると、望愛はリヴィアの目を真っ直ぐ見つめて、

「リヴィア様、どうかわたくしに代わってワールズブランチヒルクランのマスターに……いえ、新生リヴィア教の教祖になっていただけませんか？」

「やっぱりこの流れですか！」

「流れ？」

思わず大声を上げてしまったリヴィアに、望愛が不思議そうな顔をする。

「いえ、こちらの話です……」

リヴィアは曖昧に誤魔化し、

「望愛殿、何度も言うように某は救世主などではありません。お断りします」

「そこをなんとか！　名目上だけでもよいのです。運営はすべてわたくしや他の幹部が行います。リヴィア様はたまに信者の前に顔を出して、不思議な力で傷を癒やすなどしていただければ、信者はこれまで以上に増えることでしょう。いずれは金華の枝を超える教団になることも夢ではありません」

「そんなことを言われても……」

熱心な目で訴えかけてくる望愛に、リヴィアはたじろぐ。

教祖になるとか、クランの名前を新生リヴィア教に変えるなどというのは絶対に御免だが、これまで望愛にはさんざん世話になってきた。

リヴィアが贅沢三昧な生活を送ってこられたのも、パチンコや競馬の資金も、バンド活動を行うための費用も、すべて望愛がクランで稼いだものだ。

そのクランの窮地を、このまま捨て置いていいのだろうか……。

リヴィアは苦悩し、

「……す、少し考えさせてください」

またしても回答を保留したのだった――。

5月27日　18時42分

望愛と面会した日の夕方、リヴィアはマンションにバンド仲間の弓指明日美を招き、一緒に夕食を食べていた。

この世界に来て大勢の人々と知り合ったリヴィアだが、気軽に会って話せる友人は明日美一人だけである。ホームレス生活の師匠にして小説家の鈴木は東京に住んでおり、腐れ縁のチンピラのタケオは連絡先も知らない。

「ハァ……某は一体どうしたらいいのでしょう……」

ケータリングの高級フレンチを食べ、ドンペリをがぶ飲みしながら、リヴィアは明日美に自分の現在の状況を話し、悩ましげにため息をついた。

「いや……なんか正直、話についていけてないっす……」

リヴィアの話を聞いた明日美は、混乱に目を白黒させ、

「ええと、この部屋の持ち主で半グレグループのボスだったミコトって人が亡くなって、その人の戸籍とかが全部リヴィアちゃんに譲られて、今のリヴィアちゃんはミコトさん？　なんすか？」

「はい」

「……んで、そのミコトさんがヤクザの組長の娘で、組長が自分の子供を跡継ぎにしたいって言ってる。あと望愛さんの宗教団体も望愛さんが逮捕されちゃってピンチだからリヴィアちゃんに新しい教祖になってほしい……と」

「そのとおりです。困りました……」

リヴィアが頷くと明日美は「はあ〜〜〜」と呆れたような感心したような息を漏らし、

「色々ぶっ飛びすぎてて自分には何も言えないっすけど——」

明日美がじっとリヴィアに視線を向ける。

「……明日美殿？」

「リヴィアちゃん、もう一つ大事なこと忘れてないっすか？」

「こ、これ以上なにかあるのですか……!?」

焦るリヴィアに、明日美は少し拗ねたように唇を尖らせ、

「バンドのことっすよ！　救世グラスホッパーのこと、リヴィアちゃん忘れてるんじゃないっすか？」

「そ、そんなことはありません。バンドの今後についても、もちろん考えておりますとも」

「ほんとっすか〜？」

疑わしげな目を向ける明日美に、

「ほ、本当です！　実は次の楽曲に琵琶の音を取り入れるのはどうかと思っておりまして」

リヴィアの提案に、明日美は興味深そうな顔をして、

「へー、琵琶っすか。そういやリヴィアちゃん、琵琶弾けるって言ってたっすね。たしかに和楽器を取り入れるのは面白いかも」

「そうでしょう!」

「となると、新しいギタリスト入れたいっすねー。普段はリヴィアちゃんとのツインギターで。音にグッと厚みが出ると思うっす。あと、やっぱドラムは欲しいっすよね」

声を弾ませてそう言ったあと、明日美は不意に表情を翳らせる。

「……ま、それもこれも望愛さんが復帰してからの話なんすけどね。望愛さんに今後どう関わってもらうのかも含めて相談しないと……」

「?　どういうことですか?」

すると明日美は声のトーンを落とし、

「実はギフトレコードからデビュー断られたあと、他のレコード会社にも曲を持ち込んでみたんすよ」

「そうだったのですか。結果はどうでしたか?」

明日美は嘆息して首を振り、

「全滅っす。興味を持ってくれたところもあったんすけど、望愛さんがメンバーにいる限り契約はできないって……」

「もしや明日美殿……望愛殿を切り捨てるおつもりですか？」

「そんなわけないっす！」

リヴィアの疑念を、明日美は即否定した。

「救世グラスホッパーには望愛さんが絶対必要っす。でも……メジャーデビューするためには、望愛さんには裏方に回ってもらうしかないのかなって」

声に苦悩の色を滲ませながら明日美は言った。

ギフトレコードの土田プロデューサー曰く、この国のアーティストというのはイメージが非常に重要らしい。

まだ起訴もされていない段階でメジャーデビューが白紙に戻されたことを考えると、ほぼ有罪が確定している望愛のいるバンドと契約してくれる会社はまずないだろうというのは想像がつく。

「明日美殿。音楽家として食べていくには、絶対にメジャーデビューとやらをしなくてはならないのですか？」

リヴィアの素朴な問いに、明日美はきょとんとした顔を浮かべた。

「へ？　……いやまあ、中には個人で配信とかライブとかやって結構稼いでる人とか、地下アイドルみたいに小さい事務所に所属してる人もいるっすけど」

言いながら明日美は次第に真顔になり、

「……たしかに、大手と契約することだけが音楽で生きてく道じゃないっすね……。実際、メジャーデビューの話が来る前でも、望愛さんのセッティングで結構大きいハコでライブやれてたし……」

「でしたら明日美殿、我々も大手に頼らず、自分たちの力だけでのし上がる方向を目指してはどうでしょう？」

「いやいや、そんな簡単な話じゃないっすよ……」

苦笑する明日美に、

「簡単だとは某も思っておりません。しかし芸能の世界で身を立てていこうなど、元より困難な夢ではありませんか。だったら、少しでも自分の望む形になるよう足掻いてみるのも一興かと思います」

そう言ったリヴィアの顔を、明日美はまじまじと見つめる。

「た、たしかにそのとおりかもしれないっす……。自分、どっかで妥協しようとしてたのかもしれないっす。望愛さんとリヴィアさんと三人で一緒に音楽業界のテッペンまで昇る道、本気で考えてみるっす！」

「その意気です明日美殿！」

激励するリヴィアに、明日美は目を細めて微笑み、

「やっぱリヴィアちゃん、人をその気にさせるのが上手いっすね。なんつーか、カリスマ？

みたいなのがマジパねぇって思うっす。リヴィアちゃんなら意外と、半グレのボスでもヤクザの組長でも教祖様でもなんでもできちゃう気がするっすよ」

「え……そ、そうでしょうか……」

明日美の言葉に、顔を引きつらせるリヴィアだった――。

CHARACTERS

SALAD BOWL
OF
ECCENTRICS

剣持命

NAME

ジョブ:半グレのリーダー候補 NEW
ヤクザの組長候補 NEW
新興宗教の教祖候補 NEW
アライメント:中立/混沌

STATUS

体力:100
筋力:100
知力: 24
精神力: 82
魔力: 19
敏捷性:100
器用さ: 76
魅力:100 NEW
運: 25
コミュ力: 41

飛騨に不時着

6月25日　13時10分

六月最後の土曜日、惣助はサラの通う沢良中学校を訪れていた。

今日は沢良中学の伝統行事である演劇祭の一年生の部が行われ、保護者も観劇することができるのだ。

午前中に一年一組と一年二組の舞台が上演され、午後からはサラの所属する三組と四組の発表がある。

せっかくなので惣助は朝から出席して一組と二組の舞台も観たのだが、背景や大道具、衣装などかなり力を入れて作ってあり、演技も思っていた以上にレベルが高くて驚いた。

（正直、中学生の演劇なんて大したことないだろと思ってたけど、さすが伝統行事ってだけのことはあるな）

外で昼食をとってから再び体育館に戻ってくると、午前中は半分ほどしか埋まっていなかった席はほぼ満席となっていた。

どうにか空いている椅子を見つけて座ると、ほどなく司会者が「次は一年三組の舞台『飛騨に不時着』です」とマイクでアナウンスし、体育館内の照明が消え、客席から拍手が湧き起こった。

拍手が徐々に収まってくると、ステージの暗幕にプロジェクターで岐阜県の形が映し出され、ナレーションが始まった。

『令和の時代。舞台はここ、岐阜の国。南の美濃国と北の飛騨国は、数百年におよぶ冷戦の最中にあった』

(なんちゅう設定だ……)

のっけからツッコまずにはいられないナレーションに、惣助は苦笑を浮かべる。

続いてモノクロで戦争の映像(日露戦争の旅順攻囲戦のものだ)が流され、舞台裏から怒号が聞こえてくる。

「映画館もないクソ田舎めが!」

「そっちこそ、いつまでも信長公におんぶだっこで恥ずかしくないんか!」

「天皇陛下もご覧になられた長良川の鵜飼いだってあるわい!」

「あれぶっちゃけ暗くてよく見えんじゃろがい!」

「貴様ァッ! 肉の代わりに白菜食っとる分際で言うてはならんことを!」

「こっちには日本三名泉に数えられる下呂温泉があるんですけどぉ~!?」

「こっちにだって日本三大大仏に数えられる岐阜大仏があるわい!」

「一位の奈良大仏と二位の鎌倉大仏は不動でも、三位は諸説あるのでノーカンでーす！」

「日本三大盆踊りに数えられる郡上踊りもある！」

「郡上は美濃と飛騨の緩衝地帯なのでノーカンでーす！」

「岐阜グランドホテルには天皇陛下とキムタクもご宿泊されたんやが!?」

「ユネスコ世界文化遺産の白川郷もありますよぉ～!?」

「こっちだって無形文化遺産の美濃和紙とか世界農業遺産の長良川の鮎とかありますぅ～！」

「地味すぎぃ！」

　そんな酷い罵り合いとともに、徐々にステージの幕が開いていく。

『美濃国の首都、岐阜市に、一人の美しきカリスマ女社長がいる。名を沢城芹香』

　ステージの幕が完全に開き、金華山と岐阜城を背景にして立っていたのは、サラだった。

　格好は戦国時代のお姫様のような着物。

（おお～、似合うじゃん。さすが本物の元お姫様）

　親の贔屓目を抜きにしても、着物姿のサラはとても可愛いと思う。

　客席からも「なんとお美しい……」「あれが沙羅様……」「あのお方が……！」などと、以前にも聞いたような感嘆の声が漏れる。

　どうやらサラは中学でも相変わらず存在感を発揮しまくっているらしい。

　サラの横には武士っぽい格好をした少年が立っており、

「社長、やはり危険です！　金華山ロープウェイに飛行機能を付ける実験は、誰か他の者にやらせましょう！」

どうやら彼は芹香（サラ）の部下らしい。止めようとする部下に、サラは勝ち気ながらも気品を感じられる声音で、

「危険なことを部下に任せていては人はついてこないわ。実験は社長である私自らが行います。これは決定事項よ！」

（へえ……）

サラの堂々とした演技に、惣助は感心する。それに芝居とはいえ、サラが一人称「私」で普通の喋り方をしているのが非常に新鮮だった。

（しかしなぜ金華山ロープウェイに飛行機能を……？）

自らプロジェクトの陣頭指揮を執る芹香だったが、ロープウェイに飛行機能を付けるという狂気の実験は失敗に終わる。

「社長！　飛行ユニットの動力炉が暴走しています！」

「落ち着きなさい！　あなたたちはすぐに避難を――きゃあああああああ!!」

「しゃ、社長――ッ!!」

そして芹香を乗せたまま暴走したロープウェイは、金華山の山頂からはるか彼方にまで吹っ飛んでしまうのであった。

（ツ、ツッコまない……！　俺はツッコまないぞ……！）

叫びたいのを必死でこらえる惣助。

「まったくもう……ここは一体どこなのかしら……。見たこともない植物がいっぱい……」

ロープウェイは大破したものの、どうにか木の上に不時着して一命を取り留めた芹香。

中生代（恐竜のいた時代）のようなシダ植物が生い茂る山の中をさまよい歩く芹香に、突如として巨大なヒグマが襲いかかってきた。

「ギャオーッ！」

「イヤーッ！　私は美味しくない！　美味しくないからー！」

熊といっても着ぐるみタイプのパジャマをそのまま使っているのでファンシーなビジュアルなのだが、設定上は凶悪なヒグマらしい。サラの迫真の演技と相まって、意外と緊迫感のあるシーンになっている。

絶体絶命の芹香。そこへ銃声が響き、ヒグマが倒れる。

「クマァァァ……」

「おい、無事か？」

芹香を救ったのは、凛々しい顔立ちの少女だった。

毛皮のベストにサラシという、まるで山賊のような衣装で、手には射的用のコルク銃を持っている。

「ありがとう、助けてくれて。ねえ、ここは一体どこなの？」

お礼を言う芹香に、少女は険しい顔で銃を向ける。

「貴様は何者だ。こんなところで何をしている」

少女の名は日野純作。キャストは女の子だが男性という設定らしい。芝居はサラと比べると少しぎこちない。

純作は飛騨軍国境警備隊の隊長であり、なんとここは飛騨国であった。

ロープウェイの暴走事故によって飛騨の山中に不時着したことを伝える芹香だったが、

「いかなる理由があろうとも、我が国の領土に不法侵入した南岐阜人を見逃すわけにはいかない。軍で取り調べを受けてもらう」

純作はそう言って、芹香を飛騨軍の本陣へと連行していく。

そのときちょうど飛騨軍の基地では、罪人の公開処刑が行われようとしていた。

処刑されようとしているのは若い女性である。

純作よりもみすぼらしい山賊ファッションに身を包んだ軍人が、人々の前で彼女の罪を大声で述べる。

「この者は、我らが偉大な父祖たる両面宿儺大士を侮辱する邪悪な書物を所持していた！よって銃殺刑に処す！」

遠目にその光景を目撃した芹香は純作に訊ねる。

「本を持っていただけで処刑？　彼女は一体なんの本を持っていたの？」

「呪術廻戦だ」

「漫画じゃない！」

　飛騨国では飛騨の英雄である両面宿儺を崇拝しており、両面宿儺を怪物や朝敵として描いている作品を厳しく取り締まっているのだ。

　罪人の女が泣き叫ぶ。

「お許しください！　私には両面宿儺大士を貶める気持ちなんて微塵もございません！　ただ五条様が、五条様が好きなだけなのおおお！」

「やれ！」

「イヤ――ッ！　悟――ッ！」

　必死で命乞いをする女だったが、彼女は無慈悲にも銃殺されてしまう。

「なんて酷い……」

　飛騨の恐ろしさを目の当たりにした芹香は、このままでは自分も殺されると考え、隙を見て逃げ出す。そしてその途中で偶然にも、一部の飛騨軍将校が、富山王国の海軍と内通して白えびを密輸し、それによって得た莫大な軍資金を使ってクーデターを企んでいることを知るのだった。

　逃走に失敗し、再び純作に捕まる芹香だったが、芹香の話を聞いた純作は、クーデターを止るわけにはいかない。しかし誰がこの陰謀に加担しているのかわからない以上、迂闊に他人に話をするわけにはいかない。

芹香はそんな純作に、自分が協力する代わりに美濃へ帰すよう申し出る。

「協力？　君になにができると言うんだ？」

「私は経営だけじゃなく自らエンジニアとして商品開発にも携わっていたから、パソコンは得意よ。インターネットでヤフーに行って色々調べることもできるわ」

「インターネット？　ああ、たしか南ではパソコン通信のことをそう呼ぶのだったな。残念だが、この国でパソコン通信ができるパソコンは族長の屋敷にしかない」

「ワードとエクセルだって使える！　きっとあなたの役に立つはずよ！」

「馬鹿な。ワードはともかくエクセルが使える女などいるわけがない」

「飛騨の女性ってどうなってるの？　私なんてパワーポイントでプレゼン資料を作成したこともあるんだから」

「とても信じられない……」

「それに社長として世界中を飛び回っていたから、富山弁に名古屋弁、三河弁も話せるわ」

「四ヶ国語を操れるというのか？　つくならもっとマシな嘘をつくことだな」

「本当じゃ。富山弁がわかるがで、将校らの陰謀に気づけたんちゃ」

「むう……たしかにそれはまさしく富山語だ……」

（……最初は飛騨の人に怒られるんじゃないかと思ってたけど、これ普通に岐阜県まるごと馬鹿にしまくってんだよなあ……とばっちりで富山も……）

いろんな意味でハラハラしてきた惣助だった。

ともあれ半信半疑ながらも、純作は芹香の提案を受け容れることに。

二人は協力し、軍部の鉱石ラジオ通信を傍受したり狼煙を解読するなどして陰謀を探り、ときに窮地に陥りながらもどうにかそれをくぐり抜けていく。

その中で、芹香は純作の、美濃国の軟弱な男たちにはない質実剛健とした在り方に惹かれていき、純作も芹香の、飛騨人の女性観としては考えられない活動的な性格や聡明さに惹かれていくのだった。

「あなたみたいな人、私の周りにはいなかったわ」

「俺も、君のような女は他に知らない」

そしてなんやかんやで軍部の陰謀を暴き、約束通り今度は芹香が美濃に帰るために尽力する純作。

美濃へと向かう富山の薬売りの荷馬車に、密かに芹香を乗せる算段をつけることに成功すると、二人はささやかな別れの宴を開く。

「知っているか芹香。北岐阜では大切な日にはステーキを食べるんだ」

「まあ驚いた！　飛騨にもステーキがあるのね！」

「フッ、あまり飛騨を馬鹿にするんじゃないマジで殴るぞ」

そこで純作がドヤ顔で出してきたステーキとは、もちろん白菜を焼いて卵でとじた飛騨名物漬け物ステーキである。

「純作さん……あなたはやっぱり、飛騨の人間なのね……」

漬け物ステーキを見たときのサラの演技は、まるで本当に泣いているかのように真に迫っており、純作への切ない想いや別れの辛さが痛いほど伝わってきて、客席のあちこちからすすり泣きが聞こえ、惣助すら少しうるっと来てしまったほどであった。

そしていよいよ別れの日。

二人が陰謀を暴いたことで壊滅した組織の残党が、二人を恨んで襲撃をかけてくる。

「純作ウゥウゥッ！　貴様だけは殺してやるぞおおお！」

「諏訪部将軍！　生きていたのか！」

派手な爆音や銃声とともに、ステージ上のみならず、体育館のあちこちでマズルフラッシュや派手な火花が発生する。

「おお、すごい……」「なんて迫力なんだ」などと呑気な反応をしている観客たちを横目に、惣助は冷や汗をダラダラ流す。

体育館で火薬を使う許可など下りるわけがなく、この演出は明らかにサラの魔術によるものだった。

「きゃあああ!?　純作さん！　大丈夫!?」

「ここは俺が食い止める！　芹香は早く馬車へ！」

「純作さん！　純作さああああああん！」

　ステージ上で必死で逃げ惑う芝居をしながら、チラチラと体育館内に視線を向けてあちこちに魔術をばら撒いているサラ。

　惣助の誕生日のとき使っていたのと同じく、派手なだけで破壊力はなく、すぐに痕跡も残さず消失する術のようだが、だからこそ、もしも詳しく調査すれば人知を超えた現象が起きたのだとわかってしまうだろう。

（や、やりすぎだ馬鹿……！）

　クライマックスに相応しいド派手なシーンはしばらく続き、惣助は顔を引きつらせたまま時間が過ぎるのを待つしかなかった。

　そして数分後。

　敵の襲撃からどうにか生き延び、芹香は美濃国に戻り、純作は残党の親玉と決着をつけるのだった。

『……それから、十年の歳月が流れた。美濃国大統領となった芹香と、新たな飛騨国族長となった純作によって、美濃と飛騨の間で平和条約が結ばれた。こうして美濃と飛騨は数百年ぶりの融和を果たしたのだった――』

ナレーションとともに舞台の幕が閉じていき、ステージの中心には見つめ合う芹香と純作の姿がある。

「やっと会えたな、芹香……」

「愛しているわ、純作さん……！」

そして抱き合う二人。

客席は総立ちとなって万雷の拍手喝采を送り、幕が完全に閉じ、体育館の照明がついた後もしばらく拍手が途絶えることはなかった――。

6月25日　16時23分

「ただいマンドリル！」

夕方、鏑矢探偵事務所にサラが帰ってきた。

「おう、お帰り」

一足早く帰宅していた惣助が、リビングでサラを迎える。

「惣助、演劇祭はちゃんと観に来たかや？」

ソファに鞄を置くなり、弾んだ声でサラが訊いてきた。

「ああ。全部観たぞ」

「妾の舞台はどうじゃった？」

どこか期待するような顔で訊ねるサラに、惣助は微苦笑を浮かべ、

「良かったよ。やっぱお前、芝居向いてるわ」

「ふひひ、そうじゃろそうじゃろ」

得意げに笑顔を浮かべるサラ。

「まあ、最後の魔術連発はやりすぎだけどな。お前の力がバレたらどうするんだ」

惣助の苦言にサラは平然とした顔で、

「問題ない。クラスの者たちには事前に『探偵の秘密道具を使って特別な仕掛けを仕込んでおいたので気にせぬように』と伝えておいたのじゃ」

「……それで納得させられたのか？」

「うむ。特に深くツッコんでくる者はおらんかった」

「中国拳法といい探偵の秘密道具といい、そんな説明で納得しちまう岐阜民の素直さがちょっと不安になってきた」

安堵すると同時に呆れる惣助だった。

「阿笠博士とコナンくんのおかげで、探偵なら多少物理的におかしなことをやっても不思議ではないみたいなところあるからのう」

「あるか……？」

　惣助は首を傾げつつ、

「でもま、マジでお前の演技は大したもんだったぞ。特に後半の、別れの宴で漬け物ステーキを見たときの芝居、あそこはほんとに良かった。あんな短い台詞と表情だけであそこまで深い表現が出来るのはガチですげえわ」

　惣助の絶賛に対して、サラはなぜか微妙な顔を浮かべ、

「……あそこだけは演技ではない。素で悲しい記憶を思い出してしまっただけじゃ」

　そう呟き、拗ねたように唇を尖らせたのだった。

ホームレス女騎士ライジング

6月27日　13時21分

岐阜市の中心部を流れる清流、長良川の河川敷にて、一人の男が釣りをしている。

釣り竿はかなり良いものを使っており、長良川で釣りをするのに必要な遊漁証も携帯しているのだが、服装は薄汚れており髭も伸び放題となっている。

男の名は鈴切章。

職業は小説家で、長らく岐阜でホームレスをしていたのだが、今年の一月に久々の新作が刊行され、大ヒットとなった。

しかし、せっかく作家として復活を果たしたにもかかわらず、鈴切は三週間ほど前から、東京にある自宅を離れ、再びホームレス生活に戻っていた。

ホームレスとはいえ当面の金には困っていないので、以前のように空き缶を集めながら街を歩き回ることはなく、こうして釣りをしたり本を読んだりして過ごしている。

ホームレスというより、世捨て人と呼ぶべきなのかもしれない。

なぜ鈴切がこんなことになっているのかといえば、その理由は三月末にガールズロックバンド『救世グラスホッパー』のメンバー、皆神望愛（みなかみのあ）がインサイダー取引の疑いで逮捕されたことにある。

　鈴切は救世グラスホッパーの楽曲に歌詞を提供しており、バンドの世界観の構築に大きな役割を担（にな）っていた。

　ベストセラー作家である鈴切章自身の知名度も、バンドが活動を開始してわずか二ヶ月足らずでメジャーデビューが決まるほどの躍進を果たしたことに大きく貢献しており、救世グラスホッパーの準メンバーと言ってもいい。

　それゆえに、望愛が逮捕されたとき、バンド関係者の中で一人だけ東京に住んでいて身元がはっきりしている鈴切のマンションや出版社にマスコミが殺到。世間からも「犯罪者の仲間」呼ばわりされ、好き勝手に叩（たた）かれた。

　このときは家に引きこもって徹底的にスルーを決め込むことでどうにか耐え抜いたのだが、一ヶ月ほど前――望愛の事件が世間から忘れ去られようとしていた矢先――、初公判のあとに望愛がなぜか自ら余罪があることを自白。

　再び世間の注目を集めることになり、鈴切のもとにはマスコミが押し寄せ、まだ無実の可能性があった逮捕直後よりも強いバッシングを受けることになった。

　決定していた『ホームレス女騎士』のメディアミックス企画もお蔵入りとなり、ついに心が折れた鈴切は、懐かしき長良川の橋の下へと戻って来たのだった。

リヴィアたち救世グラスホッパーのメンバーには、自分が岐阜にいることはまだ伝えていない。

望愛逮捕のニュースを知ったあとに一度だけリヴィアに電話したのだが、心配ないとのことだった。

同じ街にいれば、いずれリヴィアたちとばったり顔を合わせることもあるかもしれないが、とりあえず今は世俗を離れ、一人で穏やかに過ごしたい。

それが鈴切の正直な気持ちだった。

しかし――、

「ねえねえおじさん。昼間から暇そうだねえ」

うしろから軽薄な感じの声がして鈴切が振り向くと、そこには学ランを着崩した三人の少年が立っていた。

背格好からして高校生だろう。全員、髪を金色に染めている。

(厄介だな……)

ホームレスが学生に絡まれ暴力を振るわれるという事件は、全国で何件も発生しており、鈴切の知り合いのホームレスにも被害に遭った者がいる。だから警戒していなかったわけではないのだが、警戒していようと絡まれるときは絡まれる。

「……」

無言で釣り竿を引き上げる鈴切に、不良たちはさらに近寄ってきて、

「僕たちお金に困ってるんですけどー。ちょっと貸してくれませんかあー？」

不良の言葉に鈴切は嘆息し、

「見ての通り俺はホームレスだ。金なんて持ってない」

するとと不良はニヤニヤと笑って、

「とぼけてんじゃねーよ。俺ら知ってんだよねー。ホームレスの中にも実はけっこう金ためこんでる奴がいるって」

「……」

彼らの言うとおり、路上生活者の中には意外と金を持っている者もいなくはない。

フードデリバリーサービスなどでコツコツ稼いでいたり、転売屋、植物や水産物の販売、部品修理など、独自の商売ルートを持っていたり、もしくは鈴切のように金には不自由していないが自らの意思で世俗から離れた者だったり。

「おじさん、ホームレスなのに生活に困ってないでしょ？　毎日昼間からのんびり釣りなんかしちゃってさー」

「スマホもアイフォンの新しいやつだしな」

どうやら彼らは、たまたま鈴切が目に入ったから絡んできたわけではなく、何日も前から目を付けられていたらしい。

大人しく一万円くらい渡して勘弁してもらうか、どうにか逃げて警察に助けを求めるか――

鈴切(すずきり)が迷っていると、

「おい。なにやっとんじゃテメエら」

不良たちのうしろから、ガラの悪そうな野太い声がかけられた。

「ああん!?」

不良たちが振り返り、そして一様に顔を強(こわ)ばらせる。

「え……」「あ……」

そこに立っていたのは二人の男だった。

一人は黒いスーツ姿の中年。大柄で強面(こわもて)の、どう見てもヤクザである。

もう一人は二十代前半くらい。細身だが鍛えられた体つきで、金属のアクセサリーをじゃらじゃら着けた派手な格好をしている、典型的なヤカラ系であった。

ヤクザ風の男とヤカラ風の男、どちらも外見的には不良高校生などよりも遥(はる)かにガラが悪そうである。

「ああ?」

ヤクザとヤカラが不良たちに凄(すご)む。

「あ、あの」

「お、俺たち、えっと……」

いきなり自分たちより圧倒的にワルくていかつい男たちに絡まれ、縮こまる不良たち。

「ダセぇことしてんじゃねえぞガキども。学校はどうした」

「ケンカの相手だったら俺がしてやんよ」

そう言ってヤカラが拳(こぶし)をポキポキ鳴らすと、不良たちは顔を見合わせ、「す、すいませんでしたー！」と叫びながら逃げていった。

「怪我(けが)はねえかい？　兄さん」

唖然(あぜん)として立ち尽くしていた鈴木(すずき)に、ヤクザが声をかけてきた。

「え、は、はい……ありがとうございます」

戸惑いながらお礼を言った鈴切に、ヤクザは凶悪な笑みを浮かべ、

「いいってことよ。俺らは正義の味方だからな」

「正義の味方……」

ヤクザの口から出るには最も似合わないワードに、ますます困惑する鈴切。

と、そこへ、

「鈴木殿！　鈴木殿ではありませんか！」

よく通る涼やかな声とともに、さらに新たな人物が堤防を駆け下りてきた。

黒い髪をウルフカットにした、スタイル抜群の美女。服装は半袖のジャケットにショートパンツ、黒いブーツ。

「姐さん！」「ミコトさん！」

彼女を見たヤクザとヤカラが揃って声を上げる。

「リヴィア？」

近寄ってきた彼女の名を呼ぶ鈴切。

ホームレス時代ともバンド時代とも大幅にイメージが違う姿だが、その整った顔立ちと左右で色の違う瞳は見間違えようがない。

「岐阜におられたのですね、鈴木殿！」

嬉しそうに笑顔を向けてくるリヴィア。

「姐さんのお知り合いですかい？」

ヤクザが訊ねると、

「はい。某の恩人です」

そう言ってリヴィアは頷いた。

「ええと、リヴィア、彼らは一体……」

「鈴木殿、今の某の名は剣持命と申します」

「は？」

リヴィアの言葉にますます困惑する鈴切。

そんな彼に、リヴィアはジャケットのポケットに入っていたブランドものの名刺入れから一枚の名刺を取り出し、手渡してきた。

「某は今、会社のしーいーおーというものをやっております」

「し、ＣＥＯ……!?」

渡された名刺をまじまじと見る鈴切。

金属製の高級感ある名刺には、こんな刻印がされていた。

株式会社　白銀(しろがね)エスパーダクラン
最高経営責任者　剣持命

異世界の麒麟児ライジング？

7月5日　15時46分

六月末に行われた沢良中学校演劇祭一年生の部において、一年三組の舞台『飛騨に不時着』は圧倒的支持を受けて優勝を果たし、その一週間後に行われた各学年の優勝クラスによる発表会でも見事一位を獲得し、今年の演劇祭を制した。

それと時を同じくして、ある動画がネット上で大きな注目を集める。

匿名掲示板に『中学校の演劇がレベル高杉でワロタwww』というタイトルで紹介されたその動画は、沢良中学校の公式ホームページにアップされた『飛騨に不時着』のダイジェスト映像だった。

ツッコミどころ満載の世界観にストーリー、火薬を使っているとしか思えないド派手な演出なども話題になったが、なにより人々の関心を惹き付けたのは、主演を務める少女の可憐さであった。

「主役の子可愛すぎん？」「リアルに天使かと思った」「演技力もすごくね？　ほんとに一般人？」「野生の天才美少女役あらわる」「アイドルだったら絶対推す！」「いま死んだらこの

子の子供に転生できるかな？」

　そんな絶賛のコメントから、

「岐阜にこんな可愛い子がいるわけねえだろ」「みんなフェイク動画に釣られすぎ」「ＣＧで顔だけ子供の頃のエマ・ワトソンあたりと合成してるんじゃね？」「最近のＡＩの進歩はすごいですね」

……このように、サラの実在を疑うコメントまで数多い。

どこの学校の映像か明らかになっているとはいえ、幸い、沢良中学校へ人々が詰めかけるような事態にはならなかった。

　しかし放課後、

「あの！　先日の演劇祭で主役を演じていた方ですよね！」

沼田涼子と一緒に校門を出た沙羅に、いきなり駆け寄って話しかけてきた者がいた。

三十歳前後の女性で、スーツをお洒落に着こなした都会的な雰囲気がある。

「なんじゃそなたは？」

沙羅が訊ねると、彼女は名刺を沙羅に差し出しながら、

「私、羽瀬川プロダクションの登川と申します。学校のホームページにアップされていた演劇の映像を拝見して、あなたに興味を持ちました。もしよろしければお名前を教えていただけませんか？」

　名刺には『羽瀬川プロダクション　芸能部門　登川千鶴』と書いてあった。会社の所在地は東京都とある。

「草薙沙羅じゃ」

「おいっ、簡単に教えてんじゃねえって」

　あっさり名乗った沙羅に、涼子が登川に警戒の視線を向けながら注意した。

　登川は沙羅を真剣な眼差しで見つめ、

「草薙沙羅さん、芸能界にご興味はありませんか？」

「ほむ？」

　興味深そうな目をした沙羅に、登川は続ける。

「弊社はあなたにタレント契約を結んでいただきたいと考えております」

「つまりスカウトということかや？」

「そのとおりです」

　頷く登川。すると涼子が彼女を睨みながら、

「おい、行くぞ沙羅。東京からわざわざ岐阜の中学にスカウトに来るわけねえだろ。羽瀬川プロダクションなんて聞いたこともねえし」

　涼子の言葉に沙羅は頷き、

「ま、それもそうじゃの。妾はこんな怪しい話に乗るほど愚かではないのじゃ」

そう言って行こうとする沙羅を、登川が呼び止める。

「お待ちください！　怪しまれる気持ちはわかります。しかし、弊社はたしかに小さな会社ではありますが、アーティストや俳優が何人も所属している本物の芸能事務所です。ホームページもありますのでよろしければ検索してみてください」

そう言われ、沙羅と涼子はスマホで羽瀬川プロダクションを検索する。

一番目に事務所のホームページ、二番目にウィキペディアのページが出てきた。

「……たしかにホントにある会社みてーだな」

「うむ……」

事務所のホームページに行き、所属タレント一覧のページを見る。

そこには十五人ほどのタレントの写真と名前が載っており、中にはドラマでよく見かける俳優や、紅白歌合戦に出たこともある演歌歌手もいた。

さらにその下には「ネクストブレイクタレント」という項目があり、二十人ほどの若い男女の名前と顔写真、中には小学生や中学生と思しき子供もいる。

どうやら羽瀬川プロダクションが本物の芸能事務所というのは事実らしい。登川が本当にその社員だという証拠にはならないが。

「弊社と契約していただいたあかつきには、弊社は必ず草薙さんを全力でバックアップし、やがてはポスト橋本環奈と言えるような存在にまで育てていけたらと考えています」

「ほほう」

静かだが情熱のこもった声で語る登川に、沙羅が口の端を吊り上げる。

「こんな与太話、本気にしてんじゃねえぞ沙羅」

涼子が言うと、

「いいえ、私は本気で、草薙さんにはそれほどの可能性があると感じています」

真っ直ぐに沙羅の目を見て登川は言った。

「ほむ……」

沙羅は登川の眼差しを愉しげに見つめ返し、

「もしも妾の人生が実写映画化されることになったら、妾役は橋本環奈ちゃんか芦田愛菜さんキボンヌと思っておったのじゃが、妾自身がハシカンになるのもまた一興か……」

「一興か、じゃねえよ馬鹿」

涼子が沙羅の頭を軽くはたくも、沙羅はそれをスルーし、

「とはいえそなたのことをまだ信用できんのも事実。ここは保護者同伴のもとで詳しい話を聞こうではないか。ちなみに妾の父と祖父は探偵をやっておるので、偽りがあれば必ず暴かれると心得よ。あと弁護士の知り合いもおるぞよ」

「ありがとうございます。ぜひ保護者のかたにもご説明させてください」

素性を偽った悪質なスカウトであれば大抵ここで引き下がるだろうが、

登川は逆に表情を明るくしてそう言った。

そんな彼女の様子に沙羅は顔をほころばせ、

「ふひひ……次回は妾のアツい芸能活動、芸能編が始まっちゃうかものう！」

「次回ってなんだよ」

愉しげに笑う沙羅に、涼子は登川への警戒心を少し緩めながらもツッコむのだった。


（終わり）

あとがき

惣助を巡る恋模様が少しずつ動くなか、サラは相変わらず学校生活を満喫し、リヴィアはますます裏社会との繋がりを深めていく――そんな群像喜劇『変人のサラダボウル』第5巻、楽しんでいただけたなら幸いです。

このシリーズはありがたいことに「笑える作品」として読者の皆さんに高く評価していただいているのですが、作品のジャンルは「ギャグ」ではなく「喜劇」と銘打っています。あくまで個人的にですが、「喜劇」の本領は、人生に起こりうる様々な出来事に対して、登場人物たちが（本人なりに）大真面目に向き合いながら、時に悲劇すらも笑いへと転じさせてしまう人間の力強さ、たくましさを描くことにあると考えています。イジメ、貧困、カルト、犯罪、そして病気や死など、ともすれば「重すぎて気軽に楽しめない」と拒否感を抱かれるかもしれない題材を多く取り入れているのはそのためです。

そんなめんどくさい本作ですが、なんとこのたびテレビアニメ化が決定しました。シリーズを始めるときにアニメ化をまったく考えてなかったといえば嘘になりますが、（現実の世界で色々あったこともあり）正直かなり望みは薄いと思っていたので、アニメ化のお話を聞いたときは冗談かなと思いました。

今でも少し疑っている部分があるのですが、アニメのスタッフさんたちと何度も打ち合わせをして、岐阜へロケハンにも行って（4巻のあとがきで書いた岐阜取材というのは実はアニメのロケハンでした）、毎週のようにアニメ用の設定が上がってきて、声優さんのオーディションもやっているので、どうやらドッキリではないようです。

これまで作品を支えてくださった読者の皆さん、私自身を含めた原作やコミカライズ関係者、アニメ関係者の方々、全員が幸せになれるようなアニメ化にするために、原作者として微力を尽くしますので、今後ともよろしくお願いいたします。

2023年6月上旬　平坂読（ひらさかよみ）

■告知

・小学館の漫画配信サイト『サンデーうぇぶり』にて好評連載中の、『変人のサラダボウル@コミック』のコミックスが、現在2巻まで発売されています。山田先生の圧倒的画力によって生き生きと描かれるサラやリヴィアたちの活躍を楽しんでください。

・この本が発売される少し前から、アニメの公式ツイッターアカウントが開設されていると思います。気になる情報が随時公開されていくはずなので、ぜひお早めにフォローをお願いします。

あとがき

ここまで読んでくださり
ありがとうございます。
イラスト担当のカントクです。
読んでるだけで気づいたら
岐阜にどんどん詳しくなって
いきますね。
それにしてもこの作品の振れ幅
の広さよ。笑いと涙が正面衝突
してますよ！
事故レベルに楽しかったです。
リヴィアサイドの展開が飛びすぎてて、
サラが地に足がついてるように見える不思議。
表紙の写真は平坂先生が撮った一枚。
実は僕はまだ岐阜城に登れてないんです。
許して信長様！

KANTOKU

ガガガ文庫11月刊

死神と聖女 ～最強の魔術師は生贄の聖女の騎士となる～

著／子子子子 子子子（ねこじし こねこ）

イラスト／南方 純（みなかた すなお）

「死神」と呼ばれる暗殺者メアリと、自らの死を使命とする「聖女」ステラ。二人は出会い、残酷な運命に翻弄されてゆく。豪華絢爛な全寮制女子学園を舞台に繰り広がられる異能少女バトルファンタジー！

ISBN978-4-09-453156-5（ガね1-1）　定価957円（税込）

少女事案 炎上して敏感になる京野月子と死の未来を猫として回避する雪見文香

著／西 条陽（にし じょうよう）

イラスト／ゆんみ

雪見文香。小学五年生、クールでキュートな美少女で、限定的に未来が見える——そして何故か、俺の飼い猫。夏の終わりに待つ「死」を回避するためペットになった予知能力少女と駆ける、サマー×ラブ×サスペンス。

ISBN978-4-09-453160-2（ガに4-1）　定価836円（税込）

スクール=パラベラム 最強の傭兵クハラは如何にして学園一の劣等生を謳歌するようになったか

著／水田 陽（みずた あきら）

イラスト／黒井ススム（くろい）

十代にして世界中を飛び回る〈万能の傭兵〉こと俺は現在、〈普通の学生〉を謳歌中なのであった。……いやいや、史上最高の傭兵にだって休暇は必要だろ？　さあ始めよう、怠惰にして優雅な、銃弾飛び交う学園生活を！

ISBN978-4-09-453161-9（ガみ14-4）　定価836円（税込）

衛くんと愛が重たい少女たち3

著／鶴城 東（かくじょう あずま）

イラスト／あまな

小動物系男子・衛くんは、愛が重たすぎる少女たちに包囲されている！　いろいろのり越えて、元アイドルの従姉・京子と相思相愛中!!　そしてついに、お泊まり温泉旅行!?

ISBN978-4-09-453163-3（ガか13-7）　定価814円（税込）

GAGAGA

ガガガ文庫

変人のサラダボウル5

平坂 読

発行 2023年 7 月24日 初版第1刷発行
　　 2023年12月20日 第2刷発行

発行人 鳥光 裕

編集人 星野博規

編集 岩浅健太郎

発行所 株式会社小学館
〒101-8001 東京都千代田区一ツ橋2-3-1
[編集]03-3230-9343 [販売]03-5281-3556

カバー印刷 株式会社美松堂

印刷・製本 図書印刷株式会社

Printed in Japan ISBN978-4-09-453136-7

第19回小学館ライトノベル大賞
応募要項!!!!!!!!!!!!!!!!!!!!!!!!!!!!!!

ゲスト審査員は田口智久氏!!!!!!!!!!!!

（アニメーション監督、脚本家。映画『夏へのトンネル、さよならの出口』監督）

大賞：200万円＆デビュー確約

ガガガ賞：100万円＆デビュー確約

優秀賞：50万円＆デビュー確約

審査員特別賞：50万円＆デビュー確約

スーパーヒーローコミックス原作賞：30万円＆コミック化確約
（てれびくん編集部主催）

第一次審査通過者全員に、評価シート＆寸評をお送りします

内容 ビジュアルが付くことを意識した、エンターテインメント小説であること。ファンタジー、ミステリー、恋愛、ＳＦなどジャンルは不問。商業的に未発表作品であること。
（同人誌や営利目的でない個人のWEB上での作品掲載は可。その場合は同人誌名またはサイト名を明記のこと）

選考 ガガガ文庫編集部＋ゲスト審査員 田口智久
（スーパーヒーローコミックス原作賞はてれびくん編集部による選考）

資格 プロ・アマ・年齢不問

原稿枚数 ワープロ原稿の規定書式【１枚に42字×34行、縦書き】で、70～150枚。

締め切り 2024年9月末日 ※日付変更までにアップロード完了。

発表 2025年3月刊『ガ報』、及びガガガ文庫公式WEBサイト GAGAGA WIREにて

応募方法 ガガガ文庫公式WEBサイト GAGAGA WIREの小学館ライトノベル大賞ページから専用の作品投稿フォームにアクセス、必要情報を入力の上、ご応募ください。

※データ形式は、テキスト（txt）、ワード（doc、docx）のみとなります。
※同一回の応募において、改稿版を含め同じ作品は一度しか投稿できません。よく推敲の上、アップロードください。
※締切り直前はサーバーが混み合う可能性があります。余裕をもった投稿をお願いします。

注意 ○応募作品は返却致しません。○選考に関するお問い合わせには応じられません。○二重投稿作品はいっさい受け付けません。○受賞作品の出版権及び映像化、コミック化、ゲーム化などの二次使用権はすべて小学館に帰属します。別途、規定の印税をお支払いいたします。○応募された方の個人情報は、本大賞以外の目的に利用することはありません。